我在夕阳下的青春没有地平线

安雅 著

YOUTH HAS NO HORIZON ON THE SUNSET SEASIDE

北方联合出版传媒(集团)股份有限公司
万卷出版公司
2016年·沈阳

Ⓒ 希雅 2016

图书在版编目（ＣＩＰ）数据

在日落的海边青春没有地平线 ／ 希雅著. -- 沈阳 ：
万卷出版公司，2016.4
ISBN 978-7-5470-3734-8

Ⅰ．①在… Ⅱ．①希… Ⅲ．①长篇小说－中国－当代
Ⅳ．①I247.5

中国版本图书馆CIP数据核字（2016）第033934号

出版发行：北方联合出版传媒（集团）股份有限公司
　　　　　万卷出版公司
　　　　　（地址：沈阳市和平区十一纬路 29 号 邮编：110003）
印 刷 者：湖南省众鑫印务有限公司
经 销 者：全国新华书店
幅面尺寸：660 mm × 960 mm　1/16
字　　数：163 千字
印　　张：16
出版时间：2016 年 4 月第 1 版
印刷时间：2016 年 4 月第 1 次印刷
责任编辑：杨春光
封面设计：胡万莲
版式设计：胡万莲
责任校对：后　鹏
ISBN 978-7-5470-3734-8

定　　价：25.80 元

联系电话：024-23284090
邮购热线：024-23284050
传　　真：024-23284448
E — mail：vpc_tougao@163.com
网　　址：http://www.chinavpc.com

目录 CONTENTS

YOUTH HAS NO HORIZON ON THE SUNSET SEASIDE

楔子 001
YOUTH HAS NO HORIZON ON THE SUNSET SEASIDE

第一章 005
YOUTH HAS NO HORIZON ON THE SUNSET SEASIDE
青鹿城的夏风

第二章 029
YOUTH HAS NO HORIZON ON THE SUNSET SEASIDE
所谓朋友就只是这样吧

第三章 057
YOUTH HAS NO HORIZON ON THE SUNSET SEASIDE
就算面目全非也没关系

第四章 081
YOUTH HAS NO HORIZON ON THE SUNSET SEASIDE
夏日烟火大会

目录
CONTENTS

YOUTH HAS NO HORIZON ON THE SUNSET SEASIDE

第五章 105　YOUTH HAS NO HORIZON ON THE SUNSET SEASIDE　我与你之间的十年距离

第六章 131　YOUTH HAS NO HORIZON ON THE SUNSET SEASIDE　无法抵达的心之彼岸

第七章 157　YOUTH HAS NO HORIZON ON THE SUNSET SEASIDE　说故事的人与听故事的人

第八章 183　YOUTH HAS NO HORIZON ON THE SUNSET SEASIDE　活在过去的人是你

第九章 207　YOUTH HAS NO HORIZON ON THE SUNSET SEASIDE　最漫长的告白书

YOUTH HAS
NO HORIZON ON
THE SUNSET SEASIDE

YOUTH HAS NO HORIZON ON THE SUNSET SEASIDE

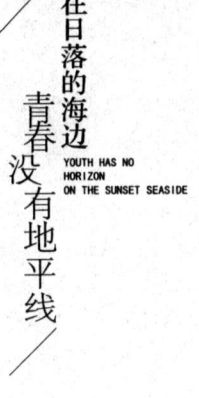

小小的房间里堆了很多书，有个七八岁的小女孩正坐在书的中间。

日光透过天窗照进来，在地上留下斑驳的影子。

空气中的微尘在日光中飘浮旋转，腾空着不肯落下，似乎有种深切的悲伤浸染着这个小小的房间。

那是深不见底的黑，那里什么都没有，只有看不见的空旷。

"云雀，你真的讨厌这里吗？"一个穿着白色风衣的女人站在小女孩面前，居高临下地看着她，眼神不带一丝感情，理性到整个人都显得冷冰冰的。

"我讨厌这里。"小女孩的表情有些奇怪，像是很委屈又像是很生气，一副想哭又没能哭出来的样子。

女人将手插在风衣口袋里，淡淡地说道："可是，云雀，这里是你的容身之所，你第一声啼哭是在这里，人生中迈出的第一步也是在这里，第一次生气、第一次微笑、第一次与人说话，都是在这里。"

"就算这样，我也还是讨厌这里，这里不是真正属于我的容身之所。"小女孩抬起头，眼神固执倔强，明明是一双那么漂亮的眼瞳，却什么都没有映进去。

女人长长地呼出一口气，伸出右手递给小女孩，故作轻巧地说道："那走吧！"

小女孩仍然用那样的眼神看着她，疑惑地问道："去哪里？"

"去寻找真正属于你的容身之所。"女人答道。

"有那种地方吗？"小女孩问道。

"不知道，但是，云雀，在这里是什么也找不到的。"女人说道。

YOUTH HAS NO
HORIZON
ON THE SUNSET SEASIDE

楔子

YOUTH HAS NO HORIZON ON THE SUNSET SEASIDE

第一章 NO HORIZON ON YOUTH HAS THE SUNSET SEASIDE

YOUTH HAS NO HORIZON ON THE SUNSET SEASIDE

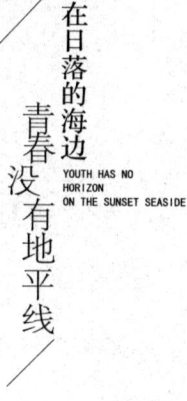

折翼的枯叶之蝶，到不了属于自己的天堂。

盛夏的蝉鸣声，吵不醒装睡的少年。

夕阳再美，也美不过逆光向我走来的你。

01

五月末的青鹿城，被包围在大片开得喧闹的油桐花之中，道路旁，河堤边上，一路开过去，像是要将整个小城都吞没。

犹记得十年前，这里只是一个普通的海边小渔村；十年后再回来，这里摇身一变，原本低矮的屋舍都变成了高档海景房。那片寂寞的海域，也因此成了繁华的景区。

"这里就是云雀的故乡啊！"身材颀长的少年唐瑞泽站在我身边，望着远方，声音带着一丝笑意，"很美的地方呢！"

"走吧！"我拖着行李箱，迎着朝阳，朝着既陌生又熟悉的小城走去。

唐瑞泽跟在我身后，时不时地问我一些关于小城的问题。我们一路就这么随意地聊着，穿过河堤，走过窄巷，最后踏上一条碎石铺成的小路。

过了碎石路的第一个路口，眼前的景色陡然一变。

与之前路过的高档小区不同，这里的时间像是凝固了一般。十年前的房屋、小路，还有下一个路口的那棵巨大的油桐树，都完完整整保持了原有的模样。

看样子这里并不是整体改造，而是部分地段进行了商业开发。我家所在的最靠近海边的这一小块宁静的居民区，原封不动地保留了下来。

此时此刻，我的心里竟然有一种庆幸的感觉。

可是，曾经的我是那么想逃离这个地方啊！

"那就是云雀的家吧，和照片上的房子一模一样呢。"唐瑞泽指着不远处一栋西洋复古风格的二层小楼说道。

"是啊，一模一样。"我收回飘远的思绪，看着那个被称为"家"的地方，心情很微妙。

回来的路上，我一直想，再次回到这里，心情应该会很激动吧，因为十年前我是怀着逃离地狱一般的心情离开的啊！

然而，现在站在这里，我的心中涌出的竟然是怀念。

想要迈步向前，双腿却像灌了铅一样，这就是所谓的近乡情怯吗？

真奇怪，明明在十年前，我不认为这里是属于我的容身之所，为什么现在还会有这样的心情？

难道说，在这十年里，我的心里其实一直还留恋这个地方吗？自己以为厌恶的东西，其实就是自己一直怀念的？

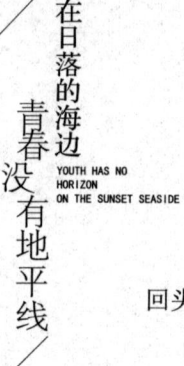

"云雀？"唐瑞泽已经走出去好远了，见我没有跟上，便停下来回头喊了我一声。

我拖着行李箱跟上去。

头顶的太阳越升越高，安静的小城开始了喧闹的一天。

偶尔有风吹过，身后的那棵油桐树便洋洋洒洒地落了一地的油桐花。

十年时间能够改变的东西真的太多了。

十年前，我家是这片居民区上唯一一栋复式小洋楼；十年后的今天，入眼的是各种造型别致的别墅。

但是一眼望过去，依然是我家那栋最特别。

那栋独具风格的小楼，是我出生的时候爸爸妈妈找人建起来的，是他们送给我的出生礼物。

小楼建成的那一天，我刚学会走路，我们一家人兴致勃勃地在楼前拍了一张全家福。然而，照片还没有从照相馆里取回来，爸爸妈妈就把我留在家里，交给奶奶照顾，两个人拖着行李箱登上飞机，飞向了地球的彼端。

我跟在唐瑞泽身后走着，想着这些往事。当唐瑞泽停下来的时候，我才发现，我们已经来到了小楼前。

我深呼吸一口气，轻轻推开铁艺大门，沿着青石铺成的小路往里走。院子里种了很多蔷薇，小楼前面有一把遮阳伞，伞下放着一张竹摇椅。

很小的时候，奶奶曾抱着我坐在摇椅上。那时候抬起头来，就能看到满天繁星，银河就在头顶，无数星星组成的光带横跨了整个天空。

"我的小云雀，你总算回来了！"听到大门被推开的声音，奶奶兴奋地从屋里走了出来。

奶奶是个比我矮了半个头的和蔼的老太太。

我怔怔地望着她，记忆中的奶奶比现在要年轻很多，至少脸上没有这么多皱纹，但她脸上的笑容与宠爱我的眼神和那个时候毫无差别。

"自从接到电话后，我就一直在门口等着了。这位就是瑞泽吧，快进来，快进来！一大早下了飞机就往家里赶，一定还没吃早饭吧？"奶奶忙着招呼我和唐瑞泽进门，转身就去张罗早餐了。

看着她忙碌的身影，我能想象到她此刻的心情是多么愉快。

"哎呀，十年了，我们云雀都长成大姑娘了。"奶奶絮絮叨叨地说着，从厨房里端出好多食物放在餐桌上，"虽然从手机上看到好多你们的照片，可是我们云雀比那上面还要好看呢，瑞泽也长得很帅。真不错！"

"吃吧，都是云雀爱吃的。瑞泽，我不知道你喜欢吃什么，你可以告诉奶奶，奶奶给你做。"奶奶将筷子塞进唐瑞泽手里，笑道，"云雀的爸爸妈妈都和我说了。瑞泽，你就安心在家里住下吧！你们俩的房间，我早就准备好了。"

"谢谢奶奶，真是太麻烦您了。"唐瑞泽端起一碗皮蛋瘦肉粥，"这个就可以了，我喜欢喝粥。"

我看着满桌子的早餐，说不被感动是骗人的，要准备这些，奶奶一定很早就起床了吧。

— 009 —

十年前，我从这个地方逃跑了，从那以后，奶奶就独自在这里生活。

我让她一个人在这里孤孤单单地生活了十年。

想到这里，我的心里突然堵得慌，仿佛被人揪住了心脏，鼻子一酸，眼睛有些温热。

我站起身来，弯下腰抱着奶奶，将脸埋进她的怀里，闷闷地说道："对不起，奶奶。"

奶奶温柔地抚摸着我的头，慈祥地说道："哎哟，云雀是想奶奶了吧！真是的，这么大的人了，还要奶奶抱。"

"对不起。"我靠在奶奶的怀里，眼泪怎么也停不下来，"真的对不起。"

"为什么要说对不起啊？云雀没有做对不起奶奶的事情。"奶奶温柔的嗓音就在耳边，却仿佛穿透了十年漫长的时光，在八岁时的我的耳边回响。

"可是我留下奶奶一个人……"我轻声说道，"那么任性地走掉，连句再见都没有说。"

"不用说再见啊！"奶奶笑了起来，"我们云雀不是迟早会回来的吗？"

我的心里猛地一颤，仰起头看着奶奶的脸。

奶奶的眼眸中是被岁月洗涤过的温和平静。

"云雀不过是出去散心了，不是吗？只是这个散心的时间稍微有些长。"她伸手替我擦掉眼泪，"所以不用说再见，也不用说对不起，只需要笑着对奶奶说一声'我回来了'，就可以了。"

"嗯。"第一次，我的心脏被一团温暖的东西包围，我对奶奶露出一个大大的笑容，然后大声说道，"奶奶，我回来啦！"

"欢迎回来！"奶奶拍了拍我的脑袋，笑着对我说。

02

是的，我回来了。

隔了十年时光，我再次回到了这个地方。

推开书房的门，里面的摆设没有变，到处都是书，似乎要将整个房间都堆满。

在书房的正中央，放着一张红色的懒人沙发，沙发边是成堆的书。我走过去在沙发上坐下，随手拿起放在手边的那本书。

是《量子物理学》，从这里离开之前，我看的最后一本书就是这本吧。

我抬起头看着头顶的天窗。

阳光从那里照进来，空气中的尘埃还在旋转、浮动，悬空着不肯落下来。

小时候总觉得天窗很大，因为透过这个天窗可以看到很多东西，尤其是夏天的夜晚，人马座和仙女座都能看得到。

不知道是不是记忆出现了偏差，现在再看这天窗，总觉得比记忆中要小很多。不只是天窗，我身下的懒人沙发也是。小时候觉得这沙发大到让人寂寞。

"一回来就看书啊！"唐瑞泽走进来，弯腰从地上捡起一本书，随手翻了几页，"这些书……"

"这些书我都看过。"我静静地看着他，"这些就是我的'睡前故事'，我的'安徒生童话'。"

"你看得懂？"唐瑞泽皱了皱眉头，"你那时候才多大啊？"

"有些看得懂，有些看不懂。我两岁时就认识很多字了，三岁时会自己到处找故事书、童话书，四岁时看了一本《时间简史》，觉得完全是另一个世界。后来我把爸爸妈妈买给我的书全部看完了，就走进了这间书房。这里面全部是爸爸妈妈在国外做研究员之前收藏的书。"

如今想起来，我还能记起第一次看到《时间简史》时心中的雀跃和欢喜。

仿佛是无意间推开了一扇门，看到了另一个五彩缤纷的世界。

那瞬间几乎热泪盈眶，觉得这些才是我一直渴望看到的东西。

"四岁到八岁，四年的时间，我把这里的书都看了一遍。"我看着头顶的天窗，缓缓地说道，"现在想来，这应该是一件很了不得的事情吧。"

"云雀，你果然很厉害。"唐瑞泽将书放了回去，"厉害得有些过分了。"

"大概吧！"我靠着沙发的靠背，轻声说道。

"很辛苦吧。"他走到我面前，居高临下地看着我，"云雀，你一定比我还要辛苦吧！拥有比同龄人更高的智商，懂得比老师更深奥的知识，一定很辛苦吧！"

辛苦吗？

大概吧！

否则我不会从这里逃跑，像个逃兵一样懦弱地离开。

想到这里，我忽然有种透不过气来的感觉，于是站起身，走到窗前，轻轻地推开了一扇窗户。

迎面扑来的是带着大海气息的夏风，耳边的发丝被风扬起，扫得脸颊痒痒的。

隐隐约约看得到粹白的浪潮，远得没有边际的海平面，混淆了天与地的界限。

"我带你出去走走吧。"我回头，对身后的唐瑞泽建议道。

唐瑞泽看了看窗外，点了点头。

一走到海边的沙滩上，就能隐约听见从不远处景区所在的那片海域上传来的喧闹的人声。

也是啊，这个时节到海边来玩的人应该有很多。

"小时候，我经常一个人来这里看书，有时候一看就是一整天，好多次都是被奶奶抓回家吃饭。"这个沙滩留给我的回忆很多，但细细数来，值得铭记的并不多。

"这里很舒服。"唐瑞泽深吸一口气，海风将他的头发吹得乱七八糟，阳光下，他的眼眸似乎会发光，"不像我，小时候看到的只有铁栅栏和阴雨连绵的天。"

"是吗？"我微笑着看着远方，"这么想来，这里还发生过一件事情呢。就在这个海边，啊，好像就在你站着的这个地方，我曾经捡到过一个小男孩。"

唐瑞泽愣了一下："捡到小男孩？"

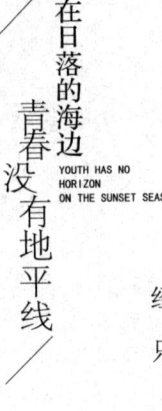

我点点头："是啊，一个拥有一双蓝色眼眸的小男孩，那孩子曾经是我唯一说得上话的人。别的孩子甚至是大人，都不肯听我说话，只有他一个人愿意听我讲那些对别人来说很枯燥乏味的东西。"

"那孩子也是这里的人吗？"唐瑞泽问道。

我轻轻地摇了摇头："不，他不是。"

那是我五岁时发生的事情了。

那天我抱着一本书去海边，却发现了一个躺在沙滩上的小男孩。

我至今仍然记得，那孩子睁开眼睛的一刹那，我心中涌上来的惊诧与喜悦，以至于现在回想起来，仍然能够想起那种心情。

那是一双比大海还要深邃的蓝色眼眸，明明是那么漂亮的颜色，眼神却是那么空洞。

后来我才知道，那是因为他溺水太久，大脑缺氧时间太长，以至于他醒来之后什么都不记得了。

大人们将他交给了警察，可惜因为他什么也不记得，所以无法找到他的家乡与亲人。正要将他送去福利院时，一对没有孩子的夫妻收养了他。

"想起来，他的名字还是我取的呢。"我忍不住微笑起来。

唐瑞泽戏谑地说道："你那时候才五岁，就会给人取名字了？"

"我也不知道那时候大家为什么会让那么小的我给他取名字，或许是因为他的养父母认为，是我发现并且救了他，觉得我是他的再生父母。"我随口说道。

"你给他取了个什么名字？"唐瑞泽很好奇。

"海宁。"我看着平静的海面，有种宁静祥和的感觉袭上心头，

"舒海宁。"

唐瑞泽点点头说："很好听的名字。云雀，你小时候真可以用'神童'来形容啊！"

"哈哈哈，我也这么认为。"我笑着说道。

"那孩子对你来说应该很特别吧？"过了一会儿，唐瑞泽忽然这么问道。

我愣住了，很特别吗？

"为什么这么问？"我问道。

唐瑞泽看着我的眼睛，轻声说道："不知道，一种感觉。对了，明天要去学校吗？"

"要去。"我回答道，"得去办一些手续，虽然学籍已经转回来了，但是还得本人去一次。你呢？你什么时候去大学报到？"

"这么快就想赶我走啊？"唐瑞泽伸手敲了一下我的脑袋，"后天吧，我明天陪你去你的学校一趟，后天再去我的学校报到。"

我觉得这样太麻烦，于是说道："我可以一个人去的。"

他拍着我的脑袋，说道："别和我客气，不要忘记了，我是你哥哥啊！"

我怔住了，然后冲他微笑道："好。"

03

唐瑞泽变成我的哥哥是发生在我九岁那年的事情，那是我被妈妈带去国外的第二年。

我记得那是一个下雪天，确切地说，那时候正好是圣诞节。

在日落的海边
青春没有地平线
YOUTH HAS NO
HORIZON
ON THE SUNSET SEASIDE

我坐在研究所的窗前，百无聊赖地看着雪花从天空落下来。

街上到处都在放着圣诞歌，置身异国他乡，圣诞节的气息是如此浓郁。

妈妈从外面走进来，她抖了抖身上的雪花，脱掉外面的长大衣，露出里面的院士长褂，然后领进来一个少年，将他推到我面前，用风轻云淡的语气对我说："这孩子以后就是你哥哥了，我和你爸爸收养了他。"

她说完，就拿起资料夹准备去工作，走到一半又折回来，对我说："对了，他叫唐瑞泽。"

我回头看了他一眼，什么都没有说，继续看着雪花从天空落下来。

"你喜欢雪花吗？"他坐在我身边，和我一样趴在了窗户上，看着外面的雪。

"不太喜欢。"我说。

"这样啊。"他忽然抓住我的手腕，将我从窗户边上拉开，"那我带你去做你喜欢的事情吧。"

我还在发愣，他已经拉着我跑出了研究所。

结果，那天他冒着雪拉着我去吃了一次冰激凌。

"没有女孩子不喜欢吃冰激凌的。"他说，"你喜欢这个吗？"

"还好。"我吃着冰激凌，淡淡地回应道。

"这样啊，真伤脑筋，我原本想让你喜欢我的。"对于我不喜欢冰激凌这件事，他似乎非常遗憾。

"我为什么要喜欢你？"我不明白。

他笑着说道："因为从今天起，我会和你一起生活啊！我会分走原本属于你的东西，如果你不喜欢我，我不就伤脑筋了吗？"

我看着他的脸，说不清当时是什么心情，但我记得当时我是笑了的。

我说道："没事的，就算我不喜欢你，我们也是可以一起生活的。"

如今回想起来，这真是一场很奇怪的对话，不过九岁的我，不过十一岁的唐瑞泽。

但是第一次，我感觉自己说的话还是能够被别人理解的，虽然那天冒着雪去吃冰激凌的后果是，我和唐瑞泽都因为发烧住了好几天的院。

出院之后，唐瑞泽正式搬进了我家，和我成为了家人。我并没有去问有关唐瑞泽的事情，家里多一个人或少一个人，对我来说一点儿都不重要。

真正把他当哥哥是我十岁时候的事情。有一天我从学校回家，看到唐瑞泽在书房里看着一本关于"相对论"的书，那本书还是英文版的。

就像是原本只有我一个人存在的世界里忽然多出了一个人，有人说，相似的人才能互相理解，那种自己可以被人理解的感觉并不是错觉。

唐瑞泽真的能够明白我说的话，甚至是我的心情，他都能够明白。

那天我和唐瑞泽坐在地板上，从"相对论"聊到"量子力学"，

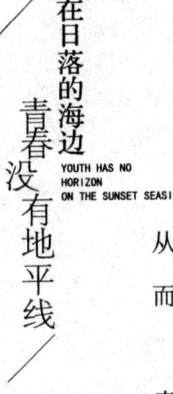

从"时间简史"聊到"宇宙起源",第一次有人不仅倾听我说的话,而且还能跟上我的脚步,得心应手地回应我。

俞伯牙遇到钟子期时的心情,是不是就像我遇到唐瑞泽时这种欢喜得不得了的心情?

晚上,我躺在床上,听着海浪拍打着礁石的声音。多少年未曾听到的声音再次传入耳中,竟让我有种松了一口气的感觉。

我闭上眼睛,打算早点儿睡觉。明天要去离海边有些距离的学校报到,其实现在回来并不是为了上课,而是为了参加高考。

我的户籍地在这里,加上爸妈早在半年前就帮我办好了相关手续,我只要去学校走一下必要的流程就可以了。

我记得我们这片海边有两个与我同龄的孩子,除了五岁那年被我捡回来的舒海宁,还有一个女孩子,叫花月眠。

不知道他们是不是也是今年参加高考?

这么想着,我不知不觉睡着了。睡梦中,我梦见了五岁的舒海宁。

五岁的舒海宁穿着白色衬衫和黑色背带裤,站在那棵巨大的油桐树下,表情看上去像是要哭出来一样。

第二天一大早,唐瑞泽把我叫醒。吃过早饭,我带上了必备的资料,和唐瑞泽一起登上了去学校的短途大巴。

"真替今年的考生捏一把汗啊!"唐瑞泽坐在我身边,似笑非笑地说道,"你这个怪物参加考试,第一名肯定会被你拿走吧!"

"你都这么说了，不拿第一名，岂不是辜负了'怪物'这个称号？"我笑着说道，脑海里却回响起一个遥远的声音。

"怪物！云雀是怪物！"

稚嫩的声音透露着恐惧和害怕。

从什么时候起，我已经能够坦然面对别人叫我"怪物"这件事了？

大巴车开到了目的地，我和唐瑞泽一起下了车，这个时候还是上课时间，校园里非常安静。那是一种带着一丝压迫感的安静，这大概就是学校独有的气质，可以让人瞬间沉静下来。

和门卫大叔说明了来历，大叔打了一通电话确认了之后，就让我直接去校长室。

这是一所全封闭式的学校，全校都是寄宿制，平常基本不会放人进校门，也不会轻易让人出校门。

校长所在的办公楼在一栋教学楼的后面，这里楼与楼之间的距离非常近，大概只有不到十米的间隙。像现在，我在办公楼的走廊上往外看，可以轻易看清楚前面那栋教学楼里靠窗户坐着的学生的样子。

我收回视线的时候，眼角的余光扫到了一个人。

我不自觉地停下了脚步，视线落在了那个人的身上，好久没有收回来。

他坐在窗边，一手支着下巴，一手搭在书上。

他有一头细碎的头发，侧脸的弧度非常漂亮，不过这并不是让我驻足不前的原因。那个少年给我一种熟悉感，总觉得我应该是认识他的，并且不是刚认识，而是那种已经认识了很久的感觉。

04

"舒海宁？"我下意识地将这个名字念了出来。

为什么会觉得他是舒海宁呢？

明明十年前我离开的时候，舒海宁才八岁，如今过了十年，十八岁的舒海宁长成了什么样子，我并不知道。

十年可以改变一个人的身高、长相、声音，甚至是气质。

"在哪里？"唐瑞泽问道，"你看到他了吗？"

我一下子回过神来："没有，只是看到一个人有点儿像，应该不是吧。我们走吧。"

进了校长室，校长刚打完电话，见到我进来，便笑着站起来："是云雀同学吧，你爸爸以前还是我的学生呢！这一眨眼，学生的孩子都这么大了。我还记得你爸爸是我带过的最聪明的学生，听说一路读到博士，现在在国外从事科研工作，我甚是欣慰啊！"

"校长好，我爸爸也经常提起您呢！"我将资料递给校长，笑着说道。

"哈哈，是吗？"校长将资料接过去放在办公桌上，"离高考只有一个星期的时间了，你要来感受一下我们学校的氛围吗？"

"那个……不用了。"我说道，"我在家复习就好，以免打扰到其他同学。"

"嗯，也是，以你的成绩，国内的高考完全不在话下。"校长从柜子里拿出一个纸袋子递给我，"不过，我还是要把这个给你。这是我们学校的女生校服，你如果感兴趣，随时可以过来听课。最后这几天，老师们也没什么好教的了，主要是帮大家梳理重要的知识点，你如果不喜欢，也可以不用来。"

"这个……"我想把纸袋子递回去，站在一旁的唐瑞泽却替我接了过来。

"谢谢校长。"唐瑞泽笑着对校长说道，"我是她哥哥，校服就由我替她收着吧。"

接下来就是唐瑞泽和校长相见恨晚的聊天时间了。

其实大多时候都是唐瑞泽在说。他的确是个很尽责的哥哥，一定意义上来讲，他比我灵活多了。

他可以和任何人谈笑风生，我却不行，我学不会他的交际方式。

从校长办公室出来，同学们都已经下课了，原本安静的校园一下子喧闹起来。很多人的目光都落在我和唐瑞泽身上，因为在一群穿着校服的学生中间，穿着日常服装的我和唐瑞泽特别显眼。

我和唐瑞泽是逆着人群走的，走了一半我才意识到，他们应该是去食堂吃饭。

我的视线在人群中漫无目的地扫了几眼，突然有一个身影不期然地闯入了我的视线。

那是一个拥有一双蓝色眼眸的少年，他身边跟着一个叽叽喳喳说个不停的女孩。

他们迎面朝我走来，不知道为什么，我的心脏忽然揪紧了，我竟然有点儿紧张。

我紧张着又期待着。

那家伙会认出我吗？

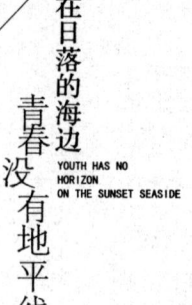

我下意识地放慢了脚步。

这时，有一群人从我身边走过，等我再去看时，那两个人已经走到了我的身后。

说不上来是种什么心情，只是觉得原本悬着的心一下子落到了地面，有种浑身的力气都被抽光的感觉。

其实我并不是没有想过，再次与曾经唯一的朋友相遇是什么样的情景，反复想了很多遍，甚至连我脸上该露出什么表情、大概会是什么场景、那天会是什么天气都想过了。

唯独像现在这样，逆着人群与那个和十年前不一样的少年偶然擦肩而过，是我完全没有料想过的。

不，应该说我没有想过，他从对面走来却丝毫没有认出我这样的情况会发生。

"感到失落吗？"唐瑞泽在我身边轻轻问道，"那个少年就是舒海宁吧！"

我愣了一下。

失落？这种悬着的心一瞬间往下坠，连带着全身力气都被耗光，仿佛想要抓点儿什么，伸手却什么也抓不住的心情，就是失落吗？

"原来失落是这么一回事啊！"我从不懂这样的心情。

因为在这之前，我认为这个世界上不会存在这种情绪。

陌生的让我无所适从的情绪，原来就是失落啊！

唐瑞泽低低笑了一声："云雀，其实有时候你可以不用这么坦率的。"

"为什么？"我不明白，"心里怎么想的就应该说出来，这样不

— 022 —

对吗？"

"并不是不对。"唐瑞泽解释道，"只是很少有人会像你这样坦率地承认，很多时候人们更倾向于把心事藏起来，不让别人看到。不过，你这样才是云雀。云雀，保持这样就好，有时候坦率也是需要勇气的。"

我不太能理解唐瑞泽的话，回头看了一眼，舒海宁和那个女生的身影早就混在人群中消失不见了。

十年未见，认不出我也是正常的吧！

我这么想着，心里却莫名地生气。

在办公楼里，他不过是一个侧脸，我甚至没有看到他标志性的蓝眼眸，就凭直觉将他认了出来。

在这人来人往的校园主干道上，他迎面朝我走来，我远远地再次认出了他，他竟在朝我一步步走近，最后与我擦肩而过时，隔着那么近的距离也没有认出我来。

是我在海边发现了他！

是我给他取了现在这个名字！

是我第一个和他交朋友，也是他那时候唯一的朋友！

他怎么可以在我认出他之后而没有认出我来呢？

"云雀，你在生气吗？"唐瑞泽拽了我一下，我仰起头看着他，眼里竟然氤氲着水汽。

我赶紧用手背擦了擦，耸耸肩说道："好像是有点儿生气，他怎么可以认不出我来呢？不过，毕竟我们十年未见了。人和人之间就是这样，什么样的感情都抵不过时间的洗涤啊。"

无论曾经多要好的两个人，一旦分开了，一旦时间超过了一定长度，那么无论怎样的羁绊都会消失吧。

而且算起来，我和舒海宁之间，从我捡到他的那天起，就是我一直缠着他说话，是我一厢情愿要和他做朋友的。仔细回想，他对我的回应并不多。

那时候的我内心很脆弱，总是渴望着一些东西，比如朋友和伙伴。

现在想来，如果那时候没有那么急切地想要得到那种东西，后来就不会那么狼狈地逃跑吧。

那时候的我竟然想要很多朋友，想要很多伙伴，多么天真的想法啊！从小就像"怪物"一样的我，怎么可能如愿拥有那种东西呢？

05

不期待就不会有伤害，八岁的我就已经深刻地明白了这个道理。而后我不再对任何东西或者任何人抱有这样的感情，于是八岁到十八岁的这十年内，我没有感到难过或者寂寞，以至于连失落的感觉都没有尝过。

晚上，我躺在床上，辗转反侧，想着白天的事情，怎么也睡不着。

今天，我果然还是抑制不住地对某种东西抱有期待了。

啊，真是的！怎么一回来就开始变得像过去一样了？

我用手背遮住自己的眼睛，希望借助轻微的压迫感让自己暂时冷静下来。每次当我情绪无法平静的时候，我都会这么做，而且一般都很有效。

然而不知道为什么，今天这招失效了。

没有用，心里有些着急，有些烦躁，舒海宁的那双眼睛总是浮现在眼前。

冷冷的蓝色，不同于第一眼见到的那样，那是全然陌生的、我一点儿也不了解的模样。

十年的时间让他长成了一个什么样的人，这种问题我从来没有想过。因为舒海宁就是舒海宁，是像大海一样给人宁静感觉的那种人。

可是与他再次相遇，他却成了于我而言全然陌生的人。

我在介意，虽然我不知道我为什么会这么介意。

我就这么翻来覆去，最终，我放弃了这道解不开的难题。

第二天醒来，我一个人吃的早饭，奶奶告诉我，唐瑞泽一大早就出门了，他今天要去S大报到。

S大就在我们这座城市，不过距离海边有点儿远，坐公交车需要转三趟，历时两个小时才能抵达。

不过，据说马上就要通地铁了，地铁三个月后开通，到时候我去S大念大学，就可以每天住在家里。

S大在国内算是很有名的学校，每年报考的人很多，所以录取分数线特别高。唐瑞泽之所以能转入S大，是因为他在国外上的大学本身就是世界顶尖水准的。

我并不担心考不进S大，像我和唐瑞泽这样的人，或许学习是最轻松的事情。有答案的东西总是很简单，那些没有答案的才是最难的。

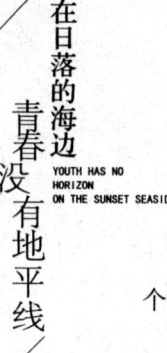

吃过早饭，我在沙发上坐下，打算找本书看看，伸手却触碰到一个纸袋。我拿起来看了一眼，是唐瑞泽带回来的高中校服。

我抓着校服进了房间，忽然想要看看自己穿上国内的校服后会是什么样子。

换好校服出来，奶奶正好走进来，惊喜地说道："很适合我们云雀呢。"

我站在镜子前，认真地看了起来。

身上的校服做得很好看，精致的白色娃娃领衬衫，暗红色的细格子裙，领口还有和裙子同色的领结。如果我就这样去学校的话，一定不会像那天一样，站在人群中显得特别显眼吧。

"要去上学吗？"奶奶微笑地看着我，"也好，我们云雀八岁就去了国外，还没来得及好好体验国内的校园生活呢！趁高考还有几天时间，抓住高中生的尾巴，好好体验一下也不错哦！"

我本来没有想过要去学校体验生活的，于我而言，国内的学校只是一个痛苦的记忆，各种孤独、排挤、嘲讽。但是，奶奶说得也有道理，高中只剩下最后几天了，到了大学，就是完全不一样的学习环境和生活方式了。

我应该趁最后几天时间去认真地感受一下，用现在的心态去体会一下。

再怎么说，离开这里之后，我也算是没有好好上过学了。在国外的时候，学校的纪律更松弛，我每次轻松考过关，老师也不在意我的出勤率。

于是，我往黑色双肩包里装了几本书，然后和奶奶说了一声就出了门。

到达学校的时候，已经开始上课了。虽然我迟到了，但是校长和门卫打过招呼，我报上名字之后，门卫就很干脆地给我开了门。

再次踏进这所学校，心情与第一次不一样，那种稍稍带有压迫感的安静不见了。我转悠了一番之后就去了校长办公室，问他我可以去哪个班级听课。

校长告诉我，反正只有最后几天时间了，我可以自由选择高三的任何班级去听课。

想了想，最终我一个班级也没去，而是背着包进了图书馆。在书架间找书的时候，无意间发现了一个熟悉的身影。

回来之后，这是第三次看到他了吧。

我没想到会在上课的时间在这里遇到他。

可能高三的学生已经没有新课可以上了，自由复习的时间也可以待在图书馆吧。

他和我隔了三排书架，我是在他从一个书架前走出来的时候发现他的。

不过和昨天一样，他仍然没有注意到我。

我抽了一本书放在手里，然后朝着前一个书架走去。此时舒海宁已经走到了书架的对面，我从书架的缝隙里可以看到他的眉眼。

他慢慢地往边上走，我跟着他的节奏朝同样的方向走。

如果我抽掉一本书，他就会发现我吗？

如果他认出我来，会露出怎样的表情呢？

我的手放在了一本书上，他就停在我前面，这时候我们之间的距离只有不到五十厘米。隔着一排书架，他就站在我对面。

舒海宁，这一次你能认出我来吗？

认出我的那一瞬间，你会是什么样的反应呢？

我的手轻轻抽动着横在我们中间的那本书。

很想要看一看待会儿他脸上的表情。

尽管知道一旦抱有期待，就会被伤害，但我还是稍微期待着能看到他露出错愕和惊喜的表情。

舒海宁，十年后的正式相会，你准备好了吗？

第二episode 夕阳西下的海滨没有地平线

YOUTH HAS NO HORIZON ON THE SUNSET SEASIDE

YOUTH HAS NO HORIZON ON THE SUNSET SEASIDE

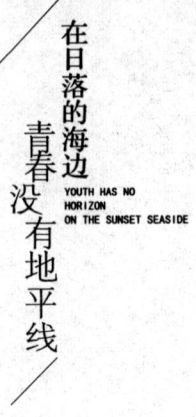

这是一种什么样的心情呢？

像萤火虫错过盛夏，像白云错过蓝天，像扶桑错过雨季。

像我错过寂寞的你。

01

此时的图书馆异常安静，静到我可以听见自己的呼吸声和心跳声。

"怦怦怦！"那么响，那么快。

我的喉咙好干，好像有一把火在烧一样。

奇怪，为什么会这样？

难道说我在紧张？

我握着书脊的手下意识地用力，开什么玩笑？我难道就这么在意与他再次相遇这件事吗？

我心一横，将已经抽出三分之一的书一下子全部抽了出来。

"海宁，你在这里啊！"书架的对面，有个女生不知道从哪里冒出来的，她走到舒海宁的身边，在我抽出那本书的瞬间，伸手拍了拍舒海宁的肩膀。

原本已经朝我这边看过来的舒海宁，回过头看向了站在他身旁的那个女生。

我蓦地松了一口气，侧过身，后背靠着书架，这时候我才发现手心里竟然都是汗。

那个女生好像就是昨天走在舒海宁身边的那个吧！

不过，现在这么近距离地看到她，我总觉得她的长相有些熟悉。

她是谁呢？

应该也是我认识的人才对。

我试着回忆了一下，有个小女孩的轮廓立刻出现在了我的脑海中。

而这时，舒海宁也叫出了那个女生的名字。

"花月眠，你是从哪里冒出来的？"舒海宁问了一个我也很想知道的问题。

"我刚进来找复习资料，就看到你了，所以来跟你打声招呼。对了，刚刚班主任在教室没有找到你，让我们看到你跟你说一声，似乎还挺急的，你最好过去一下。"花月眠甜甜地笑着说道。

"好，我这就过去。"舒海宁说着放下手中的书，向门外面走去。

我扭头看了一眼，只见花月眠也跟他一起往外走去。

舒海宁往前走了几步，忽然停了下来，缓缓地回过头。那瞬间，不知道为什么，我飞快地用书挡住了自己的脸。

"怎么了？"我听到花月眠不解地问道。

舒海宁缓缓地答道："没什么，走吧。"

直到脚步声再次响起，我才慢慢地把书从自己的眼前移开。

此时，舒海宁和花月眠已经走到了图书馆的门口，我却一直站在原地没有动，目送着他们离开。

模模糊糊的记忆中，小时候的花月眠和舒海宁似乎都没有说过话。

我离开的这十年，是不是发生了什么特别的事情？

不然，为什么两个当年连话都没有说过的人，现在却成了好朋友？

不过，他们看上去都长大了。

我抱着书，嘴角不经意间微微勾起来。

总觉得有点儿寂寞呢！

从图书馆出来后，校园里还是静悄悄的。

图书馆的前面有个小小的广场，广场前面就是学校的礼堂。广场边上有一排长凳，我找了一处干净的地方坐下，打算歇一会儿就回家。

然而这时，有一样东西吸引了我的注意力。

长凳后面有一排布告栏，其中最大的布告栏上贴着红色的榜单，排在榜单上的第一个名字是"舒海宁"。

这似乎是模拟考试的排名，舒海宁那家伙原来也很会念书吗？

我离开的时候，我和舒海宁都只有八岁，印象当中好像没有他很会念书这件事。

视线自舒海宁的名字往下看，隔了十多个名字，我看到了花月眠的名字。

海边的孩子们还真是厉害啊！

看着这个榜单，我不禁有了这样的想法。

走出学校大门，已经接近正午了，肚子有点儿饿。

我坐上回去的公交车，下车时正好遇到了办完入校手续回来的唐瑞泽。

"哈哈，看来我没有猜错，这套校服果然很适合你。"唐瑞泽走到我面前，上下打量了我一番，赞赏地说道。

"也就这样吧！"我低下头看了一眼自己的衣服。

唐瑞泽笑了笑，问道："你去学校了吗？"

"是啊，上午有点儿无聊，所以去感受了一下学校的氛围。"我答道。

"怎么样？有趣吗？"唐瑞泽饶有兴趣地问道。

我想了想，答道："不太有趣，不过也不算太无聊。"

"发生什么事情了吗？"唐瑞泽好像嗅到了什么味道，敏感地问道。

只能说他真的很了解我，但凡我觉得一样东西不算太无聊，那一定是因为那样东西非常特别，特别到让我产生了兴趣。

我坦率地说道："我又遇到了舒海宁，在图书馆。当时我与他之

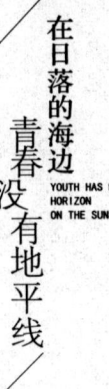

间的距离只有五十厘米，隔了一排书架。"

"所以，最终还是没有见面吗？"唐瑞泽看着我，用略带笑意的声音问道。

"果然瞒不住你。"我一下子有些泄气，我什么都没有说，这家伙就把我想说的话都看透了。

"为什么？"他和我并肩往前走，阳光照在我们的身上，金灿灿的，"为什么没能见面，只有五十厘米而已？"

"不知道。"这也是我无法想明白的事。

当时我做好了准备与他相见，可是抽出书本的那一瞬间，他没能看到我。在他回头看向花月眠的那一瞬间，我所有的勇气都分崩离析了。

我甚至为此松了一口气，觉得他没有在这种情况下看到我反而更好。

为什么会产生这样的情绪？

我刚才在车上的时候一直都在想，却怎么也想不明白。

"云雀，你不想和十年后的舒海宁相遇吗？"唐瑞泽轻声问道，"不是的吧？其实你很在意那个男生吧？因为很在意，所以害怕见面，是这样吗？"

"啊，害怕吗？"我微微一怔，脚步停了下来。

我睁大眼睛看着唐瑞泽，有种不可思议的感觉涌上心头，好像原本混混沌沌的世界在刹那间变得无比清晰。

如果我的心情是一道我无法解开的习题，那么唐瑞泽刚才所说的话就是习题的答案。

我恍然大悟地说道："原来是这样啊！所以说，我很在意他吗？原来我会有这种心情，是因为很在意那家伙，所以害怕跟他见面啊！"

唐瑞泽回头看我，眼底有一丝无奈："智商高情商低，说的一定是你这样的人。"

我冲他笑了笑："那么智商高、情商也高，说的一定是哥哥你这样的人。"

02

那么，我为什么那么在意他呢？

我为什么那么在意舒海宁呢？

对我来说，舒海宁是怎样的存在呢？

晚上，我坐在院中的竹椅上，一边看着满天繁星，一边思考这两个问题。

可惜的是，我想了很久，都想不出个所以然来。

对我来说，舒海宁和花月眠都是幼年时认识的人。再想深一些，舒海宁是我那个时候唯一的玩伴，那时候只有他愿意让我待在他的身边。

然而就算是这样，也不至于让我这样在意他啊。

是因为舒海宁是我捡到的，所以理所当然地认为他必须第一时间认出我来吗？就算是我，也觉得这样的想法有些任性。

"云雀，去学校见到海宁和月眠了吗？"

奶奶在我身边坐下，端来一盘切好的西瓜放在我面前的圆形石桌上。

我拿着一片西瓜，一边啃一边说："算是见到了吧，不过他们都没看到我。"

"没有去和他们说说话吗？"奶奶的声音很安详，那是经历了岁月的洗礼，沉淀下来的宁静温和，"不管小时候发生了什么不愉快的事情，过了这么多年，笑着说一句'好久不见'，这才是大人的做法。"

"如果变成了大人要这样虚伪，那我还不想变成大人。"我将西瓜皮放进盘子里，站起来走回了房间。

也许我可以和舒海宁微笑着说声"好久不见"，但是对于花月眠，我绝对做不到。

如果可以，我都不想和花月眠说话。

我洗完澡，躺在床上，还是无法睡着。

昨晚也一样，辗转反侧了一个通宵，几乎都没怎么睡。

是时差还没有倒回来的缘故吗？

再次翻了一个身，我望向窗外，宁静的夜，繁星点点，远处的大海静静地蛰伏着，像一只温顺的怪兽。

还有几天就高考了，这之前我绝对不会再去学校了。

昨天晚上睡着之前，我明明是这么想的。

可是现在，我却站在了学校的大门口。真叫人烦躁，向来对任何事情都不感兴趣的我，为何会一而再再而三地改变自己的决定？

我伸手抓住刘海儿，站在校门口纠结了一会儿，最后还是走进了校园。

茂密的树冠挡住烈日，将学校的主干道变成了阴凉的林荫道。

"就当是再次感受校园气氛吧！"

我对自己这么说。

这一次，我没有再去图书馆，而是走进了高三年级所在的教学楼，随便走进了一间教室，瞬间，所有人的目光都落在了我的身上。

"有空位吗？"

我站在教室门口问了一句。

上课的老师一时间有些茫然，整个班级的学生都惊呆了。

"校长说，我可以随便到哪个班级上课。"

我解释了一句。

老师顿时露出一个恍然大悟的表情，说道："原来你就是那个转校生。"

大概是校长和老师们都打了招呼，所以她才会这么说吧。

老师指着最后一排一个靠窗户的空位子，说道："那边是空着的，你可以坐那里。"

"谢谢。"

我走过去，从口袋里掏出纸巾，将桌椅擦了一遍，然后将书包放下，坐了下来。

短暂的插曲之后，老师继续上课，并且让人从前往后传给我一张试卷，那是她正在讲解的试卷。

我扫了一眼就丢到一边，因为那些题目对我来说没有什么吸引力。有答案的东西都很简单，没有答案的东西才是最难理解的。

我撑着下巴，视线落到了窗外。一只麻雀从窗前飞过，留下一串叽叽喳喳的叫声。

下课铃声响起时，我已经睡一觉醒了，因为昨晚睡得很晚，所以困得厉害。

我趴在桌上，教室里闹哄哄的，很多人在谈论我的事情。大概都很好奇，这个临近高考才转学来的人到底是个什么样的人吧。

走廊里来来去去很多人走动，穿着白色校服的舒海宁自走廊的另一头朝这边缓缓走来。

我站起来靠着窗户看着他，这一次他会发现我的存在吗？我的视线跟着他的身影移动，看着他由远及近，再由近到远，他的视线似乎也曾落在我的脸上，不过很快就移开了，就像是看一个陌生人一样，只是淡淡地瞥了一眼。

我坐了回去，继续趴在桌子上睡觉。昨天在图书馆，我与他只有五十厘米的距离，可惜我们之间隔了一排书架。今天在这间教室里，我和他最近的时候仍然只有五十厘米，而且这一次我们中间没有隔着任何东西，甚至他的视线也落在了我的身上。

然而和前天在校园里擦肩而过的遇见并无不同，他还是没有认出我来。

三次，是我与他擦肩而过的次数。

每一次都好像要相遇，却又没能做到。或许我开口喊他一声，我们就能用最简单直接的方式重逢。

可是我的内心有种东西在阻止我这么做。

仿佛是在为了和谁怄气，我就是不想开口喊他的名字。

没等全天的课程结束，我就拎着书包走出了教室。

回到家之后，我把自己关在书房里，往常那些看着非常有意思的书，不知道为何，今天总是提不起兴趣去看。

从那天在走廊看到十年后的舒海宁之后，就有什么东西脱离了日常的轨道，我隐隐约约能够觉察，却不知道修正它的方法。

唐瑞泽还没有回来，奶奶在外面剥毛豆，海鸟从头顶的天窗飞过，落下一根羽毛在玻璃窗上。

这个夏日的午后，一个人独处书房里，一种寂寞的感觉自心底浮上来。

接下来的几天，我都没有去学校，高考那天，我直接去了考场。

两天的考试，让我体会到了一种前所未有的紧张气氛，这就是所谓的千军万马过独木桥吗？

这场考试可以左右很多人的人生，过了独木桥的，可以去念大学，人生多一种选择；而考试失败的，要么选择再读一年，要么选择开始工作。

这么想想，会有这样的气氛也是理所当然的吧！

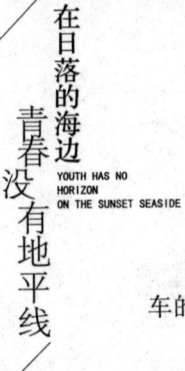

考试结束后，我原本打算自己回去的，但是当校长喊我一起上校车的时候，我却想都没想就跟着校长上了车。

这辆车里坐的都是送考的老师，只有我一个学生。

"怎么样？云雀同学，觉得我们学校还算有意思吧？"校长和蔼地问我。

有意思吗？

我不知道什么样才算有意思，反正在哪里都一样，在哪里都没有区别。

到了学校下了车，安静的校园顿时像是煮沸了的开水一样，喧闹无比，很多家长都在等着接自己的孩子回家。

我百无聊赖地走在校园中。

我为什么会来这里？

难道我的心中仍在期待着什么？

我停下脚步，仰起头看着碧蓝色的天空。

我在期待着舒海宁在夏日蝉鸣的黄昏，在川流不息的人潮中一眼将我认出来吗？

就像我在走廊上隔着那么远的距离，却能够凭直觉一下子将十年后的他认出来一样。

这样才公平。

如果我先开口喊他的名字，不就是我输了吗？

03

独自一人走在空无一人的教学楼里，四周很安静，脚步声形成的回音落在耳朵里，有种浓浓的孤独和失落浮上心头。

推开教室的门，我缓缓走了进去。这是舒海宁所在的班级的教室，来这里也没有什么特别的理由，只是想来看一看他平常坐在这里所看到的风景到底是什么样的。

我伸手轻轻触碰桌面，我不在他身边的那些岁月里，他一身白衣，就在这里写字念书。

我在他的座位上坐下，这时，霞光透过窗户照进来，将我整个人都笼罩在里面。

我一直都没有发现，他对我而言是这样特别。

一开始我以为他是我童年时期唯一的朋友，所以有些在意他，可是回来之后的那几天，我做了很多以前根本不可能去做的事情——去图书馆，去教室听课，以及跑到这里来，坐在舒海宁曾经坐过的位子上。

这些都是因为我想让他看到我，我想让他认出我，所以刻意去图书馆，刻意选在他隔壁的教室听课，哪里有那么多的巧合，在这么大的校园里总能遇到他呢？

"所谓的朋友，就是这么回事吧！"我趴在桌子上，头枕着手臂，轻轻闭上眼睛，自言自语地说道。

我沉浸在自己的思绪中，以至于没有觉察到有人走进了教室，直

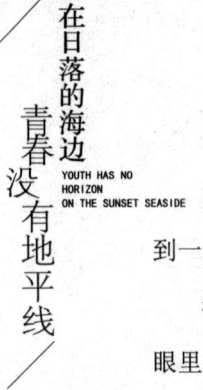

到一个带着困惑与迟疑的声音传入我的耳中。"你是谁？"

我的身体猛地一颤，飞快地睁开眼睛，夕阳的余晖透过窗户落进眼里，有些刺眼。

"你为什么坐在我的位子上？"声音离我越来越近，脚步声最终在我身边停了下来。

"我有些不舒服，借你的座位趴下来休息一下。"我低声说了这么一句，与此同时我将头埋进了臂弯里，不让他看到我的脸。

不能在这里，不能在这种情况下与他碰面。

因为这样会让我很不好意思。

"需要带你去医务室吗？"他的声音暖暖的，带了一丝关切，给人三月暖阳的感觉。

我有些意外，那天看到他的眼睛，我以为他长成了一个冷漠的人。

我没来由地松了一口气，他没有变成全然陌生的模样，这样真好。

"不用，我趴一会儿就好。"我说道。

他并没有坚持，只是说道："我拿一下东西，很快就好。"

我稍稍侧过身，仍然用手臂挡住脸。我低着头，看到他修长干净的手从抽屉里拿出了一个本子。

"可以了，谢谢。"他的声音近在咫尺，这一次我与他之间的距离只有十厘米。

我听到他的脚步声渐渐远去，最后消失在走廊的尽头。

我从座位上站起来，朝着窗外深深地呼出一口气。

十多米，两米，五十厘米，十厘米……

要近到什么样的距离，你才能将我认出来呢，舒海宁？

虽然说朋友或许就是这么一回事，但就算是这样，我也不能否认我仍然对你抱有期待。

我将教室的门窗关好，转身走向悠长的走廊。

就在这时，一阵急促的脚步声自走廊的另一头传来，我抬起头朝声音传来的方向看过去。

有个人逆着光朝我跑来，他穿着白色的衬衫，一头黑色的短发，有点儿自然卷。十八岁的少年，还未完全长成的身形纤细颀长，他在离我还有五米的地方停了下来。

他的眼睛睁得很大，眼里闪烁着震撼与不可思议的光华。

喧闹与安静并存的高中生涯的最后一天，在空旷的走廊上，我与舒海宁终于面对面，目光与目光触碰在了一起。

"你是云雀？"

好久，他像是想要确认什么似的问了一句。

然而未等我回答，他又十分笃定地说道："你是云雀！"

他缓缓地朝我走来，一直走到我面前才停下。他低下头看着我的眼睛，看了一会儿之后，他的嘴角勾起来，露出一个愉悦的笑容："你果然是云雀。"

"好久不见。"我微笑着说道，"真迟钝啊，舒海宁。我还在想，要到什么时候你才能觉察到我。"

— 043 —

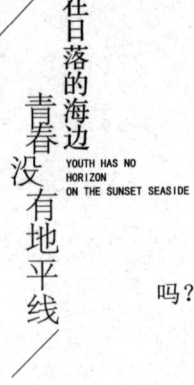

舒海宁朝我张开双臂，眸光亮得惊人："不来个重逢的拥抱吗？"

"呃？"我愣住了，眼前这个少年真的是我认识的那个舒海宁吗？

虽然小时候的性格与长大后不可能一模一样，但是怎么看都觉得眼前的舒海宁似乎阳光过头了啊！

是我的感觉出问题了吗？

明明之前我还觉得他太过冷漠了，甚至还为此有些难过。

"好久不见了，小云雀。"他朝我走近一步，张开双臂将我拥住。

我的下巴搁在他的肩膀上，他在我失神的时候抱了我一下，在我大脑一片空白的时候又松开了。

"你……"

我看着他，半天说不出话来。

"嗯？"他抿唇对我笑道，"变化太大，让你无所适从吗？是这样的话，还真是抱歉啊！"

"呃……"

看样子，不说话，不交流，凭借几次擦肩而过的碰面，是无法了解一个人的。眼前的舒海宁与我想象中的十年之前的舒海宁差了十万八千里。

"你不会以为我还是小时候的样子吧！看你的表情，果然呢！"他仍然继续往下说，"不过也是啊，小时候的你只和我比较熟，会以

— 044 —

为我还是十年前那样，也是理所当然的吧！"

"你想说什么？"他的样子很陌生，他说的话让我有种不太好的感觉，我看着他的眼睛轻声问道。

他脸上的笑容慢慢地消失了："我想说，我已经不像小时候那样只和你一个人说话了。现在我有很多朋友，海边的孩子们都成了我的朋友。所以就算你回来了，我身边也已经没有你的位子了。"

我心中一颤，愣在了原地。

我怀疑是不是听错了，又或者是他在开玩笑，可是舒海宁就站在离我不到一米的地方，他脸上的表情很认真，碧蓝色的瞳孔里有着冷清的眸光。

"虽然很抱歉，但小时候的那些事情就让我们都忘记吧！我没有打算回忆那些。"他慢慢地转过身背对着我，"因为现在和那个时候不同了，不管是你还是我。我要回去了，花月眠还在等我一起回家，我不能让她等久了。"

他回头看了我一眼，轻声说道："再见，小云雀！"

04

走廊上空荡荡的，只有我一个人。

我站在原地无法动弹，怎么也无法往前迈出一小步。

我低下头，有什么东西落在了地上，眼前的世界似乎变得很模糊。我伸手抹了一把脸，这才发现不知道什么时候我竟然哭了。

我连忙用纸巾擦了擦眼泪，却怎么也无法将眼泪擦干。因为擦掉多少，眼泪就会流出来多少。

为什么会流泪啊？

是因为巨大的失落感吗？

果然还是不应该期待吗？

不期待就不会有伤害，和小时候一样，我天真地对一些东西抱有期待，最后却被伤得遍体鳞伤。

我真是不长进啊！

八岁时是这样，现在十八岁了，仍然是这样。

为了见到十八岁的舒海宁，我做了很多奇怪的事。明明上学一点儿都没有趣，我却几次三番跑来学校，几次三番与他擦肩而过。

我想过了很多种与他重逢的场面，最后却没有一种变为现实。

他想让我忘记小时候我们是彼此唯一的玩伴这件事，他说"云雀，就算你回来了，我身边也已经没有你的位子了"。

真像个傻瓜啊！

我仰起头，手背搭在眼睛上，轻微的压迫感让我的心情稍稍平静了一些。

天空一点点地暗下去，我走出校门，在踏上回家的公交车前，再一次回头看了一眼这所学校。

我果然还是很讨厌学校啊！

我愤愤地上了车，坐在了最后一排。公交车迎着一盏一盏亮起来的路灯开去，我盯着窗外，看着风景迅速倒退，最后消失在光与影的世界里。

舒海宁，十年不见，你到底变成了什么样的人呢？

仿佛是一团火，又像是一块冰，两种完全不同的感觉，我在同一个人身上都感受到了。

明明曾经是个很温柔、很安静的小男孩，为什么现在会变得这么让人无法捉摸？

我以为你是一片冰冷的海，可事实上并不是这样的。你朝我走来的那一瞬间，我的确看到了你眼中的震撼与不可思议。

可是，你为什么要对我说那些话呢？为什么要用那种表情，对好不容易才与你相遇的我，说出那种伤人的话？

为什么说着已经有很多朋友的你，却有那么一瞬间让我感觉其实是有些寂寞的？

公交车缓缓地在海边的公交站停了下来，我下了车，顺着坡道往下走。

海风卷着潮湿的海水气息扑打在脸上，耳边的发丝被吹得乱七八糟，我伸手将头发别在耳后。

路过一棵油桐树的时候，我下意识地停下了脚步。

记得六岁那年，我爬到树上观察鸟儿孵蛋，最后一脚踩空从树上摔下来，那时候同样六岁的舒海宁就站在树下，见我掉下来，忙跑过来想要接住我。

多么天真，六岁的孩子怎么可能接得住我啊！

于是我们都摔得鼻青脸肿，明明都痛极了，两个人都是一副快要

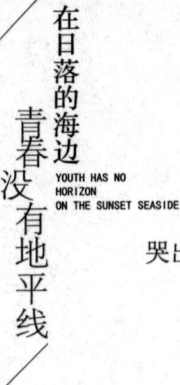

哭出来的表情，可看到对方的脸时，却不由自主地大笑起来。

我低下头，一朵油桐花落在脚边，为什么要想起这种事情？

这些应该被时光碾碎，变成岁月长河中的一粒浮沙的前尘往事，如果只有一个人还记得，那是一件很悲伤的事情吧！

时光荏苒，光阴似箭，我以为不会变的那些东西，都被岁月划得面目全非。

"云雀，你在这里做什么？"唐瑞泽的声音从不远处传来。

我回过神，只见他站在前面一个路灯下面，有些不解地看着我。

"奶奶让我出来看看你怎么还不回家，我一出来就看到你站在那边发呆，怎么了？"

"没什么。"我摇摇头，一边回答一边朝他走去，"走吧，回家。"

唐瑞泽静静地看着我，路灯下他琥珀色的眼眸仿佛会发光一样，那是一种能够看透人心的眼神："怎么了？云雀，今天发生什么事了吗？"

"什么都没有发生。"我朝他苦笑着问道，"可以什么都不要问吗？"

"云雀，这不像你啊！你不是一向都很坦率的吗？有什么事情是不能跟哥哥说的吗？"唐瑞泽一边说着，一边不放心地看着我。

是啊，以前我那么坦率，有什么就说什么，可是，为什么每次触及舒海宁的事情，我就无法坦率地说出心里所想呢？

"求求你，不要再问那些我暂时还不想去回想的东西，好吗？"

我望着唐瑞泽的眼睛，恳求道。

因为只要一想到那些，心里就会好难过。

像是有人拿心脏当了容器，在里面腌了满满一罐青梅，又酸又涩，还微微有些胀痛。

"抱歉，云雀不想说的话，我就不会再问了。"他牵着我的手，将我带回了家。

奶奶已经做好了一桌子的菜，都是我爱吃的，见我回来，就催促着我去洗手。

"今天我们云雀可是刚刚经历了一场重要的考试，要好好地庆祝一下才行。"奶奶一边帮我拿碗筷一边说道。

我进了洗手间，镜子里映着我有些泛红的眼睛。我忙拧开水龙头，用冷水狠狠洗了一把脸。所以唐瑞泽会问我到底发生了什么，我这个样子，没有发生什么才奇怪吧！

用毛巾擦干了脸，我看着镜子里的自己没有什么不对劲后，才从洗手间走了出来。

吃过晚饭后，我趁着唐瑞泽帮奶奶洗碗的时候，一个人走出了家门。

现在的我心情很不对劲，我需要出去散散步，顺便整理一下自己的心情。

夜晚的海风已经没有白天的燥热感了，凉凉的，吹在身上很舒服。

海浪卷着粹白色的浪花一下一下拍打在沙滩上，我卷起裤腿踩入海水中，果然还是这样最舒服。

我踩着海水走了一会儿，直到心情终于彻底好转，才走到海水拍不到的沙滩上。

我找了一处干爽的地方坐下来，如果再继续往前走的话，就要走到被开发出来的供游客游玩的那片沙滩了。

坐在这里，隐约能听到远处的喧闹声，甚至还有微弱的灯光照到这里来。

我坐了一会儿，忽然听到沙滩上传来了一阵脚步声。我下意识地抬头去看，只见一个人朝我的方向缓缓走了过来。

而更远一些的地方，不知道什么时候来了好些人，那些人在那边生起了一堆篝火，也不知道打算做什么。

我将视线重新移到朝我走来的那个人身上，当他走近，近到我和他都能认出对方是谁的时候，我和他都愣住了。

谁都没有说话，谁也没有动，就这么看着，黑暗中我看不到他的脸，他应该也看不清我的表情。

可是谁都没有先开口说话。

打破这个局面的是从远处传来的一声呼唤："海宁，你去哪里了？快回来，我们都准备好了。今天可是为了庆祝你和花月眠高考顺利结束，你这个正主儿不见了，也太不像话了！"

像是大梦初醒一般，他飞快地转过身，迈着大步朝前走去。走了十几步，他的脚步稍稍迟疑了一下。我以为他要回头看我，然而并没有，他没有回头，而是用更快的速度跑向了那堆篝火。

我用手抱住膝盖，将脸埋进臂弯里。

他没有说谎，他身边已经有很多朋友了。

那个时候，我竟然会觉得他有些寂寞。

我还真是自作多情。

05

没有谁会留在原地一成不变，大家都会慢慢变得坚强。我以为我
已经很坚强了，坚强到不会再次受伤，然而我真是太高估自己了。

十八岁的我和八岁的我，明明什么都没有改变，一如既往地是个
软弱的家伙，一如既往地对没有答案的东西一窍不通，一如既往地擅
自对人抱有期待。

远处的欢笑声听着是那么刺耳。

记得那时候也是一群人在笑在闹，只有我留在阴影之中，不同的
是，那时候还有舒海宁陪在我身边。无论远处多热闹，他都不会去，
只是静静地陪我待在黑暗中。

而现在，他已经不会再做那种事了。

他选择去了更加热闹的地方。他没有做错什么，谁都向往阳光，
没有人例外。

我从沙滩上站起来，拍了拍衣服上的沙粒，深吸一口气，然后长
长地呼出去，仿佛这样就能把心里的不快乐随着那口气一同呼出去。

我转身朝家的方向走去，在这里旁观别人的热闹，这种让自己不
痛快的事情我才不做。

051

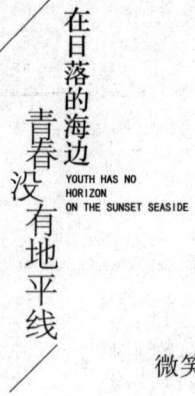

推开铁艺大门，我走进院子里。

"回来了？"坐在摇椅上的唐瑞泽站起身，缓缓地走到我面前，微笑地看着我，"虽然你刚刚散步回来，但我还是想让你再陪我出去散会儿步。"

"好吧。"我有些无奈，面对唐瑞泽的这个请求，我找不到理由来拒绝。

再次推开铁艺大门，唐瑞泽却没有朝海边走，而是走向了与海边截然相反的路。

那条路的两边种了许多油桐树，地上落了一层油桐花，白色的花瓣，深黄色的花蕊，一脚踩上去，软绵绵的。

"你让我什么都不要问，但我刚刚想了一下，我发现我还是没有办法放着你不管。"唐瑞泽淡淡地说道，"谁让你是个情商很低的家伙，一旦钻了牛角尖，十头牛都拉不回来。"

"我今天和他见到面了。"我停下脚步，盯着自己的脚尖低声说道，"我明明那么高兴、那么期待。"

"嗯，然后呢？"唐瑞泽轻声问道。

"完全不一样了，和记忆中的，和我以为的，都不一样。"我双手背在身后，抬起头看向唐瑞泽，"他说就算我回来了，他身边也已经没有我的位子了。他已经把小时候我和他是彼此唯一的朋友这件事忘了，也是啊，十年了，会长大、会改变，也是理所当然的吧。"

"所以呢？"唐瑞泽静静地看着我，他的眉眼在路灯下清秀极了。

— 052 —

"所以我失去了我唯一的朋友。"我说道。

唐瑞泽朝我走了一步，盯着我的眼睛说道："所以你就一个人沮丧了？这种事很正常吧，尤其是你们之间隔着十年的时间。"

是，沮丧，很沮丧。

"但是云雀，你不觉得这样也不错吗？"他微微笑了起来，"与完全不一样的友人相遇，虽然彼此都很陌生了，但是曾经能够成为朋友，这就说明只要了解了现在的舒海宁，就能够再次成为朋友吧？"

再次成为朋友？

我怔住了："可以这样吗？"

唐瑞泽抬起手在我的脑门上敲了一下："当然可以啊，这也是一种挑战，不是吗？"

"不是很有趣吗？再次成为朋友，以完全陌生的身份。"他低笑着说道，"你不会是打算再也不和舒海宁说话了吧？"

"喀喀。"被人戳中心思，我不由得有些尴尬，我的确是打算再也不和舒海宁说话了，因为他说了不打算回忆过去，也不承认我是他的朋友。

"所以说，你这种低情商的家伙，我怎么可能真的丢下不管？"唐瑞泽无奈地说道，"走吧，回去吧，不然出来久了，奶奶要担心了。"

"好！哥哥，谢谢你！你简直就是我人生中的明灯，是灯塔，是风向标！"

我的心情忽然变好。就像唐瑞泽所说的，和舒海宁再次成为朋友这种事很有趣。

唐瑞泽将我的头发揉得乱七八糟，笑骂道："就你会拍马屁，一点儿都不走心。"

回到家之后，我洗了个澡就上床睡了，这一次我没有失眠，几乎头一碰到枕头就睡着了。

大概是因为时差终于倒过来了吧，我想。

高考结束后的第二天，我起得很早，因为天一亮，我就再也睡不着了。

一想到要努力和舒海宁再次成为朋友，我整个人就轻飘飘的，心情好到根本平静不下来。

好不容易熬到八点多，我和奶奶说了一声就出了家门。

舒海宁的家已经不在原来的地方了，他家的位置被划在了小区改造的范围内，不过我出门之前问过奶奶，所以要找到舒海宁的家并不难。

站在舒海宁家门口，我深吸一口气，然后按响了门铃。

很快有人来开门了，是舒海宁的养母许阿姨，十年的时间在她脸上留下了两道浅浅的皱纹。

她看到是我，愣了一下，上下打量了我一番，似乎没有记起来我是谁。

"许阿姨。"我笑着喊了她一声，"我是云雀啊！"

"云雀？"她眼睛一亮，一下子就想了起来，"哎呀，我们云雀都长成漂亮的大姑娘了，我一下子都没认出来，快进来坐。"

我被许阿姨拉进屋，她泡了杯茶放在我面前，然后在我对面的沙发上坐下。看得出来，她见到我真的很高兴。

"云雀离开我们这里有十年了吧？什么时候回来的？这次回来不走了吧？"

"回来一个星期了，回来参加高考的，不出意外，应该不会再离开了。青鹿的变化好大啊，变得好漂亮。"我感慨地说道，然后四下打量了一番，问道，"阿姨，海宁呢？"

"海宁在楼上呢，我去喊他。"

许阿姨说着就上了楼。

我坐在沙发上等着舒海宁的时候，顺便打量了一下他家的客厅。

与那时候完全不一样呢，也是啊，换了新家，怎么可能还保留以前的东西呢？

舒海宁很快就从楼上下来了，他穿着一件白色T恤，黑色中裤，半截小腿露在外面。

"你跟我来。"他一把抓住我的手腕，拉着我就往外走。

"喂！"我挣扎了一下没有挣开，曾经八岁的小男孩已经长成比我高一个头、很有力气的大男生了。

他抓着我的手腕，一言不发地走出去好远，最后在一棵大大的油桐树下松开了手。

他皱着眉头对我说："我记得我说过……"

"我记得。"我打断他的话，不知道为什么，我不想再从他嘴里听到那种话了，"不过，舒海宁，我今天是来告诉你一件事的。"

"什么？"他看上去似乎有些不耐烦。

我笑着说道："你说得很对，十年前的那些事的确已经毫无意义了，就让我们重新认识吧！我决定了，要和你重新成为朋友。"

他愣住了，眼里有我无法弄明白的神色。

我看着他的脸，我已经做好准备了，哪怕他马上否定我的想法，我也不会就此放弃的。

"随便你。"结果，他是这么说的。

YOUTH HAS THE SUNSET SEASIDE
NO HORIZON ON

青三趣 黄昏海岸沒有地平線

YOUTH HAS NO HORIZON ON THE SUNSET SEASIDE

时光真是最残忍的利器，把所有的美好都划得面目全非。

喏，小云雀，别再寻找过去的我了。

像这场盛大的烟火，燃过就熄灭了。

01

虽然我说了那样的话，可是对于具体要怎么做，我毫无头绪。

怎样才能和舒海宁成为朋友呢？这道无解的题目让我陷入了沉思中。

总之要经常出现在他面前，让他知道我的诚意，要帮到他的忙，让他稍微对我心怀感激，再然后呢？

不知道。

长这么大，除了舒海宁之外，我没有朋友。八岁之前，我想要和大家好好相处，当好朋友，后来被伤害了，逃去国外的那十年，我没有和任何人成为朋友，因为不想再遇到八岁时发生的那种事了，所以没有渴求过那样的陪伴。

舒海宁是这十年来唯一一个我想要和他成为朋友的人。

我想不出答案，于是决定向人生阅历丰富的奶奶请教。

奶奶在院子里打理花草，我走过去蹲在她的身边，她正在给花除草。

"奶奶，怎样才能交到朋友啊？"我问道。

奶奶手里的活儿并没有停下来，她说："交朋友这种事并不是单方面的。你想要交到朋友，首先就要让自己打开心扉，愿意去接纳别人。"

"打开心扉？接纳别人？"我不是很理解这句话，"是什么意思？"

"我们云雀啊，你认为人为什么需要朋友呢？"奶奶回头看了我一眼，微笑着问道。

我想了想，回答道："书上说，人类是群居动物，一个人是无法活下去的。"

"但是云雀，你现在并不是一个人，不是吗？"奶奶轻声说道，"有亲人的陪伴，就不是一个人活着。那么为什么会想要和家人之外的人成为朋友呢？"

我愣住了，为什么会想要和家人之外的人成为朋友呢？

"因为家人和朋友的意义是不一样的，家人是能给你温暖的人，而朋友是可以让你感觉快乐的一类人。人活在这个世界上，单单只有家人给予的温暖是不够的，还需要很多感情，喜怒哀乐都品尝到了，那才是完整的人生。云雀，如果有一天，你遇到一个想要和他成为朋友，让你心甘情愿待在他身边的人，一定不要错过。"奶奶说道，"因为人生很漫长，一辈子会遇到很多人，可是能够成为朋友的很

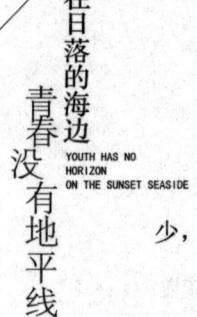

少，尤其是那种能够心意相通的朋友。"

"嗯。"我笑着点了点头，"我知道了，谢谢奶奶。"

我在迷惘什么啊？

我想和舒海宁重新成为朋友，知道了接下来要做什么，不就足够了吗？

奶奶说，交朋友这种事并不是单方面的，首先要让自己打开心扉，愿意去接纳别人。

虽然我还不知道如何做到这一点，但是，首先要让舒海宁时时刻刻感觉到我的存在。

"奶奶，我出门了。"

我和奶奶说了一声，就直接走出了家门。

不过我没能去到舒海宁的家，因为我刚出门，花月眠就出现在了我面前。

她穿着天蓝色的连衣裙，一头长发扎成了丸子头，走到我面前停下来，表情似乎有些紧张。

她说："听说你回来了，所以想来见你一面。"

"见我？为什么？"我看着她，淡淡地问道。

我并不想与她见面，如果可以一辈子都不相往来，那样才最好不过。

"那边开了一家冰激凌店，我请你吃冰激凌吧。"她没有回答我的问题，而是提出了要请我吃冰激凌。

"不用了。"我说。

"你不想知道我为什么想来见你一面吗？"她问道。

我不在乎地说道："我为什么要知道这种事？花月眠，其实我这个人是很爱记仇的。"

虽然这么说，但最后我还是和她去了那家冰激凌店。

那是家开在景区沙滩边上的海边冰饮店。

回来这么多天了，我还没有来过这里，到处都是穿比基尼的美女，白花花的大腿和手臂，在阳光的照射下，散发出热辣辣的活力。

在离海边五十米的地方，有一排店铺，酒店、餐馆、咖啡厅等随处可见。我记得小时候这里只是一个小小的码头，几艘渔船停在岸边，是个没什么人来的地方。

"我总觉得你变了好多呢。"走在我前面的花月眠脚步慢了一些。

她是想找话题吗？

可惜我对和她交谈这种事真的提不起兴趣。

因为十年前让我那么痛苦的罪魁祸首就是花月眠。

走进冰饮店，花月眠要了两杯巧克力奶昔，我在靠窗的那个座位坐下，花月眠就坐在我的对面。

"真想不到，再次见到你竟然隔了十年之久。"花月眠感叹了一句，见我淡淡地看着她，顿时有些尴尬，"嗯，云雀，你一定希望这辈子都不再见到我吧？"

"你知道就好。"我说道，"你到底想说什么？"

"我知道隔了这么久才说很不好，但我还是想对你说一句对不起。"她很认真地说道，"其实那之后，我一直想对你说这句话的，我知道那时候自己真的很过分。"

"所以呢？"我看着她的眼睛，问道，"你期待从我这里听到什么回复？"

"如果可以，云雀，我希望你能够原谅我。"她说。

我顿时笑了，说道："花月眠同学，是谁给了你这种勇气，以至于这样大言不惭地对我说出让我原谅你这样的话？凭什么被伤害的人一定要原谅伤害她的那个人？"

况且因为她的缘故，我离开家乡十年之久，甚至一度觉得这个世界很糟糕，哪里都不是我的容身之处。

那时候的我只有八岁，八岁的我懂得很多道理，也明白很多事情。

"我知道有些强人所难，但是我真的很后悔那样做。"她说，"现在不原谅我也没有关系，我会努力的，努力让你原谅我。在这之前，不要拒绝我好吗？或许我能为你做什么，只要你说，我能做到的就一定会努力去做。"

她的眼神有些急切，看样子是真的想要得到我的原谅。

其实有那么一瞬间，我想要让她帮忙，让我和舒海宁重新成为好朋友。但这个念头只是一闪而过，我并不想这么做。

明明和舒海宁最熟悉的人是我，拜托花月眠这种事，太让人不愉快了。

02

和花月眠分开之后，我回了家。

不知道为什么，忽然觉得做什么事情都提不起劲来。

人类还真是复杂的生物，出生之后，接受教育，利用知识和各种各样的发明创造生活着，明明是一样的起点，最后却长成了完全不一样的个体。

像舒海宁，像花月眠，像我自己。

我坐在摇椅上，仰头看着碧蓝的天空。

很多不愿意记起来的东西，不受控制地都浮了上来，像是洪水猛兽一样，人力无法阻挡。

"那种怪物，谁要和她做朋友啊？真想让她快点儿消失，要是她没有存在就好了。"

"就是啊，害得我总是被我爸妈责备，总是说多学学云雀，真的超烦的。"

"学习好了不起啊？讨厌鬼，最讨厌她了。月眠说得没错，要是她没有存在就好了。"

没有存在就好了！

没有存在就好了！

明明说了这种过分的话，还能恬不知耻地出现，大言不惭地说什么希望我原谅。

"在做什么？"一张脸忽然出现在我的视线中，是唐瑞泽从学校回来了，他站在我面前，弯腰看着我的脸，"怎么一副生无可恋的表情？"

"没什么，只是想起了一个很讨厌的家伙。"我轻轻晃动摇椅，"今天怎么这么早就回来了？"

"今天下午没有课。"唐瑞泽在我对面的椅子上坐下来，"算起来，你们高考分数是不是快出来了？"

"不知道，应该快了吧。"我不太在意这种事，反正考试肯定没有问题的。

"想好要念什么专业吗？"唐瑞泽问道。

"什么专业都无所谓。"我说道。

唐瑞泽一把按住摇椅，阻止我继续摇动，他看着我，过了好一会儿才说道："不对劲，云雀，你今天比往常还要没干劲。"

"因为那种事怎样都好吧。"我淡淡地说道。

唐瑞泽并不赞同我的话，他说："云雀，你将来打算做什么？选择什么专业和你未来想从事的职业有很大的关联。"

"未来想做什么？"我愣住了。

"你不会从没有想过这个问题吧？"唐瑞泽用疑惑的眼神看着我，"你看小学生的作文，都会写'我的梦想'，有的想当医生，有的想当老师，每个人都有梦想，就连街上的乞丐也曾有过梦想。"

"那是必须有的东西吗？"我茫然地看着他。

唐瑞泽叹了一口气，一副"败给你"的表情："倒也不是说必须要有，但想要在这个世界上活下去，怎么样也得有个工作吧。"

"云雀，对于未来，难道你从未憧憬过吗？"唐瑞泽很认真地看着我的眼睛，问道，"在很小的时候也没有吗？"

我回想了一下，然后也很认真地摇了摇头，说道："没有想过。"

"那么，有你感兴趣的事物吗？"唐瑞泽似乎一定要为我找到人生的方向，就算我做出了那样的回答，仍然孜孜不倦地引导着我。

不过他这么一说，倒也并不是没有那种东西，我伸手指了指深蓝色的天空。

"天空？"唐瑞泽愣了一下。

我点点头，微笑着说道："有一次，我看着这样蓝的天空，就很好奇，为什么天空是蓝色的？为此我泡在书房里，花了三天的时间找到了答案。我还做过一件蠢事，那就是在夏天的夜里，试着去数天上有多少星星。"

说到这里，我的思绪忽然飘远了。

那时候，我在空白的纸上画下了银河系的星座，我是那么高兴，于是抱着画板跑去找舒海宁。我拉着他在海边陪我看星星，指着天空告诉他星星是什么，星座是什么，告诉他我们所能看到的星光或许只是一颗星球死亡后的遗体。虽然看得到星光就在那里，但或许那里早就没有那颗星星了。

回想起来，好像一直都是我在说，也不管舒海宁听不听得懂，对我说的那些感不感兴趣，我只是自己说得很开心，因为只要有人肯听我说，我就觉得很满足了。

"原来云雀喜欢的是天空啊！"唐瑞泽笑了起来，"云雀感兴趣的东西不是存在吗？"

我低下头，将视线从天空中移开。

其实我一直在想一个问题，为什么舒海宁要对我说那些话？

他想要否定小时候关于我和他之间的全部回忆，是不是那时候只顾着自说自话的我，让他感觉到寂寞了？

这么一想，那时候总是我跑去找他，从未问过他是否快乐，很讨厌吧！

那样只想到自己的我很让人讨厌吧！

所以才会在我离开之后，原本一直都是孤单一人的舒海宁，一下子就融入了那些讨厌我的孩子之中，甚至还和花月眠成了朋友。

"那种东西怎么样都好。"我站起来，缓缓地走进家门，把自己反锁在书房，抱着膝盖坐在那张懒人沙发上。

我的心情莫名地变得低落。

或许朋友什么的，从一开始就是我的错觉。

他是不是一直都很讨厌我？只是因为那时候的舒海宁是个温柔的孩子，所以没有把讨厌说出口？

"咚咚——"一阵敲门声传入我的耳中。

"云雀，为什么要把自己关起来？"唐瑞泽的声音从门外传来。

"你别管我，我只是想一个人待一会儿。"我说道。

"刚刚的话题让你想到什么不愉快的事情了吗？"他贴着门站着，隔着门和我说话。

"没有。"对我来说，那些记忆是快乐的，因为那时候我的确感到快乐，所以一直放在心底最深处无法忘记，所以才会在他说过往都忘记了的时候难过得落下泪来。

可是，如果那种快乐对舒海宁来说是痛苦的噩梦，那么我宁愿没有感到过快乐。

"和舒海宁有关吧？"唐瑞泽沉默了一会儿，问道。

"哥哥，你说人为什么一定要长大？一定要去面对一些让人不愉快的事情？如果人生可以随时按下暂停键，那该有多好！"我看着头顶的天窗，天空仍然那样蓝，那蓝色总让我想起舒海宁的眼睛。

蓝眼睛啊，舒海宁大概是中美混血儿，所以五官既有东方人的柔和美，又有西方人的立体美。

倘若我是会做梦的小姑娘，大概会以为舒海宁是住在深海里的人鱼王子，为了与我相见才来到这个世界的。

不过很可惜，我不是。

捡到舒海宁的时候，我五岁，五岁的我已经知道这样的眼睛是属于外国人的。这个世界上没有什么人鱼王子，他不过是遭遇海难，随波逐流在这里搁浅，恰好被来这里看书的我遇到了。

如果世界上所有美好的童话都用这样的方式去解释，那么大概无论是怎样的奇迹，都不过是一些特别的巧遇而已吧！

03

高考成绩出来的那天，校长第一时间给我打了电话，也是因为这通电话，我才想起我还有手机这种东西。

手机是十六岁的时候妈妈送给我的生日礼物，不过我很少用，以至于常常忘记自己有手机。所以打电话给我一般是打不通的，因为我总是不记得给手机充电，偶然想起来的时候才会充一次电。

校长的运气比较好，他打电话给我的时候，手机里还有百分之八的电量，要是再晚一点儿，就该自动关机了。

"云雀同学，告诉你一个好消息。"校长的语气格外激动，"你是我们本省的高考状元，第一名，我们学校还是第一次有学生考出这样的成绩。现在好多大学都和我们接洽，想让你去他们学校念书。云雀同学，你有想去的学校吗？有的话一定告诉我。"

"哦，我已经决定了，要去S大。"我说道。

电话那头沉默了一下，他有些不确定地问道："你说的是本省的S大？虽然说S大在国内也算很好的大学，但有更好的学校可以给你选择。"

"S大就好了。"我说道。

校长顿时有些茫然："为什么？难道有什么特别的原因？你想学的专业只有S大才有吗？"

"不是的，只是因为S大离家比较近，加上没多久就要通地铁了，每天可以回家，很方便。"我答道。

"就为了这种理由？"校长的声音有些抓狂，"云雀同学，你再好好考虑一下，你明明可以去更好的学校，这关系到你的未来，不要这么随意地拿这种事当儿戏啊！"

我伸手捂住额头，未来！未来！未来！

唐瑞泽是这样，校长也是这样，那明明是我自己都知道的东西，为什么这两个人都拼命想让我去抓住未来？

"你听我说，云雀同学，你真的非常有天赋。这个世界上存在那种只有你这样的人去做才能做成的事，别浪费自己的天赋啊！"校长的语气很急切，"云雀同学，如果方便的话，可以来学校一趟……"

最后一点儿电量耗尽，手机自动关机了。

世界一下子清静了，我长长地呼出一口气，随手将手机丢进书堆里。

真烦啊，一个两个都是这样。

我不想去想那种事，未来什么的，怎么样都无所谓。

"云雀，出来吃午饭了。"奶奶的声音从门外传来，我走到门口，打开门，看到的是奶奶带着微笑的脸。

我一言不发地跟着奶奶下了楼，餐桌上放着两个菜一个汤，仍旧是我爱吃的。

对于我忽然把自己关在书房里，除了吃饭和睡觉之外，哪里都不去的举动，奶奶什么都没有问，也什么都没有说。

"刚刚校长给我打电话了，我好像考了很了不得的分数。"我看着奶奶，笑着对她说，"他让我好好考虑一下我的未来。奶奶，这个世界上真的存在那种只有我这样的人去做才能做成的事情吗？我真的值得被这样期待吗？"

"在奶奶心里，我们云雀一直很了不起。我相信只要云雀想做一件事，那么一定会成功的。但这说不定是奶奶偏心而已，家长总是相信自己的孩子是无所不能的，奶奶也一样不能免俗。"奶奶笑呵呵地说道，"所以，云雀啊，不要勉强自己，做你自己想做的事情就好，因为开心才是最重要的。"

"谢谢奶奶。"我抱住奶奶，将头埋进她的怀里。

果然无论什么时候，奶奶的怀抱总是最温暖的地方。无论心情多么糟糕，内心多么迷惘，在这里总能慢慢地平静下来。

"吃饭吧。"奶奶拍了拍我的头，"对了，今天月眠那丫头来过了，她送了这个东西来。"

奶奶从茶几上拿了一张海报递给我，我看了一眼，上面印着烟花的图案，写着"青鹿海边烟火大会"的字样。

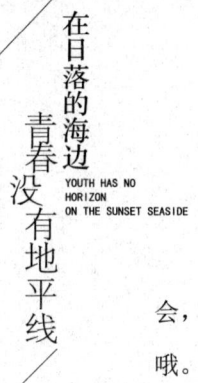

"从风景区建起来之后，每年夏天都会举行这种盛大的烟火大会，当然，也是开发商为了吸引人气搞出来的。不过烟花真的很好看哦。"奶奶说道，"月眠邀请你去看烟火大会，你去不去？"

"没兴趣。"我将海报丢在一边，拿起筷子开始吃饭。

再盛大的烟火，如果看的人心中没有一点儿浪漫，那也就是普通的烟花而已，而且我不觉得我现在有心情去欣赏这种东西。

吃过午饭，我回了书房，随手拿起一本关于"天体力学"的书，翻了几页就开始走神了。

八岁那年被妈妈带去研究所，那里有一架天文望远镜，在晴朗的夜里，我也曾用那架望远镜观察过头顶的那片天空。

第一次真切地观察到星星，也是在那个时候，以前看到的只是图片和模型，看到真正的星体有种震撼自心底浮现，久久不能平息。

妈妈所在的研究所是研究星系的，爸爸和妈妈在同一研究所，不过爸爸的研究方向和妈妈不一样。他主要是观测流星群，我看过他拍摄的流星照片，真的非常美丽。

那是比烟花更震撼的景观，大概也是从那时候起，我觉得头顶的天空才是最浪漫的存在。

比如说地球所在的太阳系，月亮和木星其实一直在保护地球，比如说那些恒星的死亡，留下灼眼的光芒之后，有些会变成比地球还要大的钻石，永远留在宇宙的深处。

人类其实真的很渺小，很脆弱，包括我们所生活的地球。宇宙中一个意外，都有可能在瞬间让我们全部死去。

这么想来，我的烦恼是多么微不足道。

正当我如此感叹的时候，书房的门被人敲响了。

我合上书，问道："今天这么早就回来了吗？下午又没有课？"

门外久久无人回答，我走到门口，伸手按上门把手，打算开门的时候，舒海宁的声音从门外传来："是我。"

我的动作僵住了，按着门把手的那只手迟迟没有按下去。

04

"云雀，你在里面吧？"他的嗓音低低的，听在耳中仿佛能引起胸腔的共鸣，"可以开门吗？"

"我还没有想好要和你说些什么。"我说道。

他沉默了一下，缓缓说道："我是陪校长过来的，他想亲自见你一面，所以让我带他来你家。"

我将门打开，舒海宁就站在门外，他今天穿的是一件灰色的T恤，衬得他的皮肤越发白皙。

混血儿就是好啊，就算是在日光强烈的海边，也能拥有这样白的肤色。

我和舒海宁一起下了楼，校长正和奶奶亲切地说着话。奶奶面带笑意，静静地听校长挥斥方遒而没有打断。

"校长，下午好。"我打了声招呼，在奶奶身边坐下。

校长见到我，不再继续刚刚的话题，他从公文包里拿出了一沓厚厚的资料放在我面前，说道："看看吧，这些都是和学校接洽想要你入读大学的资料。我都整理好了，包括每所学校什么专业是最优秀的，都归纳好了。"

"谢谢校长。"看着这么厚的资料,我还是有些感动的。

和校长接触的时间其实并不长,但他一定是个非常棒的人,毕竟为了我这种因为参加高考才转回来的学生,做到这种地步真的很不容易。

校长挥了挥手,说道:"我不用你谢我,我不是为了听你说谢谢才来的,我做这些是希望你好好考虑一下自己的未来。机会、才能,你全部都有,这是很多学生怎么努力也无法做到的事情。"

"比如他吗?"我伸手指了指坐在校长身边的舒海宁,"怎么努力,第一名还是被我抢走了,是这样吗?"

"咯咯!"校长顿时有些尴尬,"舒海宁同学也很优秀,这次舒海宁同学的分数和你只差了几分。"

"所以,如果没有我的话,他就是第一名了吧!"我微笑着说道,"如果我没有回来,他是第一名,所以,就算不管我也没有关系。没有我,还会有其他人来完成您说的那些只有我能做到的事情。"

校长愣住了,他想辩解,我赶在他前面说道:"所以我已经决定了,我要去S大。如果我真的像您说的这么有才能,那么无论我在哪里,都会成为了不起的人。相反,如果我并不是您期待的那样,那么就算去了这些了不起的地方,也依旧毫无意义。"

"真的决定去S大了吗?"校长还有些不死心,"因为离家近,可以每天回家这种理由,奶奶也觉得没有问题吗?云雀同学有多优秀,奶奶是最清楚的吧?"

"我相信她自己的选择,这是她自己做的决定,我不想去干涉,也没有这个权利。"奶奶说道，"而且每天可以回家，对我来说也是一件很开心的事情。"

校长听奶奶这么说，顿时泄了气，连家人都站在我这边，他大概终于明白，他是无法让我改变主意的。

又说了一会儿话，校长表示要回学校了。

"云雀，送送校长吧。"奶奶将我推出门。

我只好将校长一路送到了海边的大路上，舒海宁一直跟在我身后，从一开始说了那样一句话之后，就没有再开口说话了。

下午三四点的阳光仍然有些晒，送走了校长之后，我走到大大的油桐树下面，舒海宁一言不发地跟着我走了过来。

这是那天之后，我第一次与舒海宁见面，虽然信誓旦旦地说了要重新成为他的朋友的话，但是现在我不知道该和他说些什么。

如果说，在他看来，过去的那些都不算数，那么我和他之间就只是见过几面的陌生人而已。

陌生人和陌生人，应该说什么才好呢？

"考了第一名，恭喜啊！"舒海宁淡淡地说了这么一句，"还有，不要再说如果没有你在，我就是第一名这种话了。如果你不在的话，会有人为此伤心和困扰吧？"

"你会吗？"我抬起头看着他的眼睛。

他移开了视线，没有和我对视。

"看吧，连你都不会，其他人更加不会在意了。海宁，你也想过这种事吧，小时候硬是被我拉着，说些不知所云的话，其实很困扰吧？"我偏过头，身后竖着一个广告牌，上面是关于夏日烟火大会的广告。

"迟到了十年才意识到这一点,真抱歉。前些天,我擅自跑去找你,大言不惭地说什么重新和你成为朋友,对不起,是我错了。你忘掉吧,我不会再做出让你觉得讨厌的事情了。如果你觉得我们以后也不要再见面,那我也会尽量不出现在你面前。"这是我把自己关在书房里这么多天能够想出来的解决办法。

只能这样了,不是吗?

我想和他回到从前,都是彼此唯一的朋友,可是比起被他讨厌,我宁愿再也不和他见面。

我是有了这样的觉悟,才和他说这些话的。

"要说的就是这些了。"我转过身挥了挥手,"那么就这样,再见了,舒海宁。"

我轻轻放下手,然而却被人抓住了手腕。

"不是说要重新认识我吗?不是说要和我重新成为朋友吗?"他的声音近在咫尺,低低的,"还是说,你是那种还没有开始就决定放弃的人?擅自跑来对我说那种话,又擅自说那些不算数。"

"可是……"

可是那会让你更加讨厌我,不是吗?

我不想要那样,觉察到这个可能性的时候,我沮丧得不知道该如何是好。

"我并不讨厌云雀,也从来没有想过云雀没有出现或者云雀消失这种事,小时候我并没有觉得困扰。"他缓缓地说道,"如果你现在放弃,我不会在乎,但是同样的,你不放弃,我也不会有什么意见。"他说完，轻轻地松开了我的手。

我飞快地转身，舒海宁已经往前走了好几步。

那瞬间，我也不知道究竟是怎么想的，对着他的背影喊了一声："烟火大会，一起去吧！"

05

结果那天舒海宁并没有回应我的邀请，只是往前走的步子稍稍迟疑了一下，最后还是头也不回地走掉了。

不知道是不是我的错觉，那天他对我说的那些话，像是在鼓励我不要放弃，又像是随口说的。

因为他的态度游离不定，有时候我感觉他离我很遥远，可是有时候又好像离得很近，我伸手就可以触碰到他。

"饭要吃到鼻孔里去了。"唐瑞泽推了推我的手臂，"拜托，吃饭的时候不要想其他的事情好不好？"

"我就是稍微走了一下神，你别打扰我。"我瞪了他一眼，"对了，你去不去参加烟火大会？"

"几号？"唐瑞泽问道。

我抓起一边的海报看了一眼："后天晚上。"

"后天没空，有班级活动，会很晚回来。"唐瑞泽说道。

"这样啊，嗯，学校的事情比较重要。"我说道，"烟火大会其实说起来也挺无聊的。对了，哥哥，你念的是什么专业？"

"金融。"唐瑞泽笑着说道，"我对操纵资金很感兴趣。"

"那我也填你这个专业好了。"我点了点头，"明天就要去填志愿了。"

"你高兴就好。"唐瑞泽从那天之后，就没有再和我说过专业的问题，他有些无奈，"我是不是该庆幸我比你大两届，不用担心每年的奖学金都被你拿走？"

"这的确是个问题。"我笑着回答道。

"今天早点儿睡觉，明天我叫你一起出发。"唐瑞泽吃掉了碗里最后一口饭，放下筷子对我说道。

"好。"我应了一声。

第二天，唐瑞泽来喊我起床的时候，我还在做梦。

唐瑞泽将我从被窝里拉出来，我迷迷糊糊地刷了牙洗了脸，随便吃了点儿早餐，就被唐瑞泽拉着出了门。

唐瑞泽并不住校，每天都会回来，一来一回要四五个小时，不过再过几个月，新学期开学的时候，海边通了地铁，每天来回的时间就只需要两个小时了。

从家门口走到海边的公交车站，大概需要十五分钟。唐瑞泽拽着我一路小跑，等跑到目的地时，我已经气喘吁吁、满头大汗了。

今天是返校日，海边所有的高三毕业生都来了。不过，说是所有毕业生，也不过就是舒海宁和花月眠。

我和唐瑞泽到的时候，舒海宁和花月眠站在站台边等着公交车的到来。

"咦？真巧呢。"唐瑞泽忽然凑近我耳边说道，他眼底透着促狭的神色，"舒海宁也在，不去打个招呼吗？"

"不去！"我伸出手将他的头推开，"倒是你，还不快去坐车。"

"我的车还有十分钟才到，不着急。"唐瑞泽像是打定主意要捣乱。

"不着急？那你拽着我跑这么急！"我顿时就怒了，"你是故意的吧！"

"我就是故意的。"唐瑞泽朝我眨了眨眼睛，"哎呀，那边的两个人走过来了。"

我愣了一下，抬起头一看，果然看到花月眠拽着舒海宁的衣袖朝我这边走来。舒海宁在看我，他的头发挡住了眼睛，碧蓝色的眼眸中是深不可测的眸光。

"云雀，早啊！"花月眠先开了口，"这么巧啊，你也是去学校的吗？"

"是啊。"我淡淡地说道，"没什么事的话，能从我面前走开吗？"

"喂，云雀，不可以这样。"唐瑞泽抬起手敲了我的脑袋一下，"做人要有礼貌，人家跟你问早安，你也应该回答人家一声早安吧！"

"我不乐意！"我怒瞪着唐瑞泽，"你快走，我要坐的车一会儿也该来了。"

"真不可爱。"唐瑞泽揉了揉我的头发，"这位同学，你别介意，我们家小云雀就是这么一个情商很低的孩子。"

"没关系。对了，你是……"花月眠看着唐瑞泽，眼神有些困惑。

也对，唐瑞泽成为我家的一员，这件事这里的人都还不知道。

"他是我……"我正打算回答他是我哥哥时，唐瑞泽用手臂圈住了我的脖子，"哥哥"两个字没能说出来。

"我是唐瑞泽，以后也会成为这里的人。初次见面，你好！"他微笑着对花月眠说道，"我的车来了。先走了，各位，下次再见。"

他说完，收回了圈着我脖子的手，叮嘱道："小云雀，志愿别填错啊，我是金融专业，小学妹。"

"快走吧！"我忍不住从背后推了他一把，总觉得今天的唐瑞泽有点儿不对劲，平常我和他之间很少会有这样亲昵的举动。

不过这也没什么，反正他是我哥哥。

唐瑞泽走后，场面迅速冷了下来，花月眠似乎有些尴尬，舒海宁从一开始到现在就一句话也不说。我往前走了几步，一个人站在树荫下等车。

花月眠想来和我说话，却又不敢走过来，站在那里，表情很纠结。

"喂！"舒海宁像是看不下去了，他拉着花月眠的手走到我面前，"想和她说什么就说啊，没有必要犹豫。"

"也不是什么重要的话，只是想和云雀聊聊天。"花月眠小声说道，"可是云雀很讨厌我。"

"是啊，很讨厌你。"我直截了当地说道，"所以不用想着和我说话，那没有什么用的。"

"还真是个低情商的家伙啊！"舒海宁的嘴角露出一丝微笑，

"你知不知道有时候说话太直,会伤害到别人?"

"那也是被伤害的人活该吧!"我毫不退缩地看着他的眼睛,"我从一开始就表示过自己的态度,所以就算被伤害,也是活该,并不是谁弱谁就有理,做错事就要为自己的错误承担后果,这有什么不对?"

"云雀,你啊!"他脸上的笑容渐渐消失了,"还真是让人受不了的性格呢。"

"是这样吗?那还真是抱歉了,我就是这么让人受不了。"心里有些生气,想到伤害我的刽子手抢走我唯一的好朋友,我就气得不得了。

"不要吵了,都是我的错。"花月眠提高声音喝道,"你们不要吵了。"

"对,就是你的错,你能有自知之明,真是谢天谢地!"我狠狠地瞪了花月眠一眼,然后"哼"了一声扭过头不看她。

舒海宁伸手将花月眠拉到身后,看着我,却是对花月眠说道:"不是你的问题,你无须自责,现在是我和这位低情商的云雀同学之间的问题。"

"想吵架啊!"我看到他护着花月眠的架势,就气不打一处来,"来啊,谁怕谁!"

我说着,一撸袖子,往后退了一步。

就在这时,一阵急促的刹车声从我身后传来,我惊得回头看了一眼,只见一辆大货车开了过来。我倒吸一口气,身体僵在了原地。

因为我退了一步,那辆车快撞到我了。

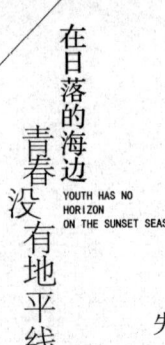

　　我明知道有危险，却怎么也动不了，那一瞬间的惊吓让我的大脑失去了对身体的控制权。

　　舒海宁，一刹那，我的脑海里竟然响起了这个名字。

　　一只手紧紧地抓住了我的手，接着一股拉力将我往前拉去。我回过头来，瞪大眼睛看着近在眼前的那张脸。

　　这样近的距离，近到我可以看清他的每一根眼睫毛，他碧蓝色的眼眸里，恐惧和震惊之色是那么明显。他一手抓着我的手臂，将我拉入了怀里，千钧一发之际，他将我拉开了。

　　尖锐的喇叭声在耳边响起，那刺耳又急促的声音里，我听到他声音颤抖地说了两个字："笨蛋。"

第四章 夏日烟火大会

YOUTH HAS NO HORIZON ON THE SUNSET SEASIDE

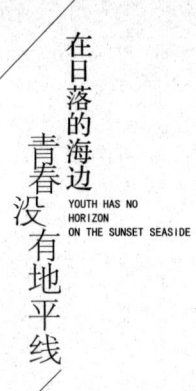

心里有些着急,你与我之间忽远忽近的距离。

舒海宁,在你心里,到底是怎么看待我的呢?

时至今日,这个问题让我非常在意。

01

我们的争吵最终结束在了那场有惊无险的意外中。

我坐在公交车的最后一排,舒海宁和花月眠坐在我左手边。不是我故意坐得这么近,而是车里只剩最后一排空位了。

我的心跳还是很快,从刚刚开始就没有慢下来过。

我的脑海中不断闪现的是他被恐惧填满的碧蓝色双眸。

刚刚那瞬间,他是在害怕吗?

我也许会死这件事让他感觉到害怕了吗?

可是为什么会害怕?

不是只当我是陌生人吗?如果仅仅只是一个陌生人而已,为什么会露出那样的表情?

为什么会那么用力地抓住我?

为什么声音颤抖得那么厉害？

在他的心里，真的不再有小时候的记忆了吗？

我回头看了他一眼，他偏着头看着窗外，他好看的侧脸被光与影勾勒出美好的轮廓。

我忍不住揪住他的衣袖，用力扯了扯。他扭头看向我，不知道是不是我的错觉，在他与我的目光触碰的刹那，他的眸光似乎闪了一下。

"谢谢。"我压低声音说道。

他愣了一下，也学着我压低声音说道："没什么，没有谁会见死不救的吧，换成任何人，在那种情况下都会拉你一把的。"

"是这样啊，我还以为在那瞬间，你拿我当朋友了。"我叹了一口气。

他眸光一颤，嘴角微微往上扬了扬："直接把心里所想的讲出来，这样真的好吗？你还真坦率。"

"话说回来……"我冲他招招手，他顺着我的动作，朝我侧过头来，我抬起头，忽然意识到我和他靠得很近，他的脸离我的脸不过十厘米的距离，我感觉我的心跳又开始失控了。

"嗯？"他微笑地看着我，"话说回来什么？"

"话说回来，我们为什么这么小声地说话？"我稳住心神，小声问道。

"因为你先小声说的啊。"舒海宁挑了挑眉，一副强忍着笑的样子，"这种问题不是应该我问你吗？"

"算了，没事了。"我用手将他的脸推开，"总之，刚刚谢谢

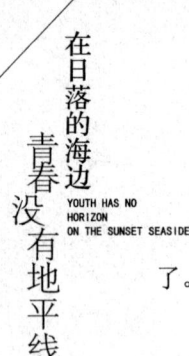

了。"

"嗯。"他坐直了，应了一声。

"海宁，你打算填什么专业啊？"这时，坐在舒海宁另一侧的花月眠开了口，"我要和你填一所学校，到时候就能每天见面了。"

我下意识地竖起了耳朵，舒海宁会去哪里念大学呢？

"你不是知道的吗？"舒海宁淡淡地说道，"就是上次说好的学校。"

不知怎的，我的心一紧，像是有人忽然用力拽了一下。花月眠和舒海宁原来是这么要好吗？在我纠结不知道要如何开始的时候，舒海宁和花月眠已经说好了未来要去的学校。

不过也是啊，十年的友谊的确不是其他人所能比的。

我第一次清晰地认识到了这一点，就算我和舒海宁小时候是朋友，可那也只是五岁到八岁的三年时间而已。那时候我们都是小孩子，关系再好，能好到什么程度？

陪着舒海宁长大、每天一起上学放学的人是花月眠啊！

会这么要好，也是理所当然的。

我都知道，可是仍然会觉得很不舒服，就好像自己心爱的书被别人抢走一样，原本是属于我的东西却写上了别人的名字。

我心中一颤，为什么会这么想？

和书本不一样，舒海宁并不是属于我的私有物。

我怎么会有这种想法的？

我被自己的想法吓了一大跳。

花月眠还在和舒海宁说话，说了些什么，我都没有注意听，我脑中有些混乱，唐瑞泽对我的评价的确是一点儿都没有错。

他说我是个低情商的人，看样子果然如此，稍微复杂一些的东西，我的大脑就完全没有办法处理了。

我记得唐瑞泽以前嘲讽过我，他说我一定有两个大脑，看书学习的时候用的是一个，想事情、与人相处的时候用的是另外一个。

下了车之后，所有人都去了学校的礼堂集合，因为我们算是到得比较晚的，所以进去的时候，里面已经坐了不少人。最后我和舒海宁还有花月眠都坐在了不同的地方。

我拿着志愿表，一边填着一边想，舒海宁会填哪一所学校呢？

我果然还是有些在意。

最后，我还是受不了地站起来，拿着志愿表走到舒海宁身边，直截了当地问道："你填哪里？"

他抬起手遮住了填好的部分，抬起头来似笑非笑地看着我："你想知道？"

"对啊！"我很直接地说道，"你不是不要我放弃重新和你成为朋友吗？要是你的学校离得太远，我要找你的时候，岂不是会很麻烦？"

"离得远，你会怎么办？"他问道，"既然你已经决定了要去的地方，现在问我要去哪里，不是没有意义吗？"

"咦？"我认真思考了一下，"你说得很有道理。"

我拿着已经填好的志愿表走到主席台上，交到了负责老师的手里。我折回去的时候，舒海宁拿着志愿表在我后面交了上去。

真想去看一眼呢！

不过他说得很对，我已经决定好了要去的地方，知道他即将去哪座城市念大学也没有什么意义。

看样子我得在暑假里和他重新成为好朋友。

就这么决定了暑假要做的事，不知为何竟然大大地松了一口气。

走出礼堂时，我忽然想起来我之前邀请舒海宁一起去看烟花的时候，他还没有给我答复。

这么想着我又折了回去，往前走了三四步，我停下了脚步，因为我看到花月眠亲昵地靠在舒海宁的身边。

她在说着什么，他静静地侧耳倾听。

那个画面很刺眼，我心一横，径直走了上去，一把揪住他的衣领，把他从座位上提了起来。

这样的动静引起了很多人的围观，就连坐在主席台的老师都朝这边看了过来。

"你跟我来。"我揪着舒海宁的领带，就这么把他扯出了礼堂，花月眠被我的举动惊呆了，愣在原地好一会儿没有动。

我没有去看花月眠，反正我和她没有什么话好说的。

"明天一起去烟火大会吧。"我扯着他的领带，让他与我平视。

没办法，他比我高了一个头，不这样做，我根本不可能直视他的眼睛。这种时候我竟然有点儿羡慕比我高半个头的花月眠，那样的身高和舒海宁走在一起，很协调，不像我太矮了。

"虽然很想说好，但很抱歉，我已经答应别人一起去了。"舒海宁说道。

我松开手，点了点头："这样啊，那算了。无论是好还是不好，我其实只是想要个回答而已。你知道的，没有答案，我会浑身不舒服。"

02

从学校回去之后，我坐在院子里发了半天的呆。

舒海宁说答应了别人，这样也没有办法吧，总有个先来后到嘛。

刚刚洗完澡上了楼，手机就响了起来，我抓起来一看，是妈妈打来的电话。我翻了一下，竟然有二十多个未接来电。

我接起电话，耳边就传来了妈妈抓狂的咆哮声："云雀，买手机给你是做什么的？我打了一整天的电话，都没有人接。"

"今天是去填志愿的日子啊！我又没带手机。"我在沙发上坐下，一边擦着湿漉漉的头发，一边和她说，"一早就出门了，回来之后一直没上楼，所以现在才接到电话。"

"你爸担心你填不好志愿，要我打电话问你。你填的是什么学校？什么专业？"妈妈问我。

我说："和哥哥一个学校啊，和他一样，也念的金融专业。"

"金融啊，我知道了。我就说不用担心了，你爸还不相信我，真是的。"妈妈说到这里，就要挂电话。

"您就不对我的专业说点儿什么吗？"我抓紧时间追问了一句。

妈妈十分不走心地说道："说什么？不是已经填完了吗？再说了，这是你自己的事情，无论你填什么专业，自己开心就好了。"

"嗯，我很开心。"看吧，这就是我的家人，觉得快乐才是最重要的。

挂断了电话，我走到窗户边上，推开窗户，海风吹了进来。刚刚洗过澡，身上湿漉漉的，被风一吹，凉丝丝的，十分惬意。

唐瑞泽这个时候才回来，他抬起头朝我这里看了一眼，我冲他挥了挥手，然后关上窗户进了自己的房间。

在填完志愿的第二天，海滨城市特有的夏日烟火大会正式拉开了帷幕。

看样子每年的这个日子都很热闹，这从我一早起来就看到大门外有游客走来走去就能看得出来。好多人拿相机对着我家的小楼拍照，还有人站在铁艺大门前，和我家的小楼合影。

"我们云雀也去玩吧。"奶奶换好了衣服，看样子是打算去风景区那边逛逛，"陪奶奶一起去好不好？"

"好啊。"我一个人是不想去的，但是陪奶奶一起去就不一样了。

当我和奶奶锁好门，沿着沙滩走到举办烟火大会的地方时，这才知道奶奶并不是一个人来，她约了好几个朋友一起来逛。

"云雀都这么大了啊，记得那时候她才学会走路。"一位奶奶笑着说道，"我听说了哦，云雀是今年的高考状元吧！你生了个天才儿子，有个很厉害的儿媳妇，现在孙女也这么厉害，你真有福。"

"是吧。"奶奶很自豪地拍着我的肩膀，"我也觉得我很有福气。"

"奶奶们好。"我笑着对奶奶的朋友问了声好。

跟着老人家逛集会，当然不会特别有趣，不过我也没地方去，所以就一直跟在奶奶身边。

"这张面具真好看。"奶奶从一个面具摊子上拿起一张可爱的狐狸面具，"这个多少钱？"

"二十五元。"卖面具的小贩说道。

"太贵了，便宜一点儿。"奶奶笑呵呵地还了价，买面具的也不想和老人家计较太多，最后奶奶用了二十块买下了那张面具。

我正好奇奶奶买面具做什么，奶奶就转过身，直接将面具扣在了我的脑门上。

"嗯，我就觉得这个面具很适合我们云雀，果然戴起来很可爱。"奶奶乐呵呵地看着我。

"这个是小孩子喜欢的吧！奶奶，我已经不是小孩子了。"我伸手想要拿下斜扣在脑门上的面具，却被奶奶拦住了。

"偶尔回到童年不是很好吗？我们云雀小时候也没有戴过这样的面具吧！"奶奶说道，"在十八岁生日之前，最后当一次小孩，不也挺好的吗？"

说得也有道理，而且奶奶很喜欢我戴着它，这是奶奶买给我的，这么想着，我就任由这张面具扣在我的脑袋上了。

这么走走停停逛了一会儿，奶奶们都有些累了，于是就近找了一家饮品店走了进去，里面人很多，好在还有一个四人位的空桌。

"你们歇会儿吧，我再出去逛逛。"我说着，让四位奶奶坐下来休息，给她们要了一壶茶，然后顶着热辣辣的太阳，重新进入热闹的集市中。

我小时候也曾经逛过海边集市，不过这种大规模的还是第一次见

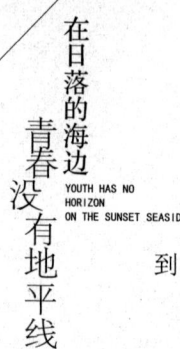

到。

我百无聊赖地在人群中走着，忽然，一个熟悉的人影闯入我的视线。

是舒海宁，我抬脚向前想要喊住他，然而这时候，花月眠出现在了舒海宁的身边。她递给了舒海宁一串糖葫芦，然后和舒海宁一起朝着前面的那群少男少女走去。

那声"舒海宁"没能喊出口，我站在那里，身侧人来人往，每个人的脸上都洋溢着快乐和幸福的笑容。

依稀可以认出来，那群人是小时候和花月眠一起伤害过我的人。那时候不过是一群六七岁的小孩，如今都变成了十六七岁的少年了。

为什么他们可以轻而易举忘记自己曾经的罪恶，还能够笑得那么坦率自然？

大概他们都忘记了吧，忘记在他们小的时候，曾经伤害过一个人，那个人不过想要朋友而已。

我转过身，摘下面具，走向和他们相反的方向。走了一段路之后，眼前的景致有了变化，小摊贩不见了，一群人在沙滩上打沙滩排球。

分不清是海水还是汗水，挂在脸上，被阳光一照，整个人都像是会发光一样，那一张张脸上洋溢着快乐的神采。

一个人走着，其实也不错，在喧闹中寻找一份宁静，也是极为难得的。

真想让唐瑞泽来这里看看，与我不同，唐瑞泽很喜欢热闹，可惜的是他们还没有放暑假。

不过应该也快了吧！

印象中，他似乎说过没几天就要放暑假的，是几天来着？

我站在原地想了一会儿，还没等我想出个所以然来，有人轻轻拍了拍我的肩膀。

我惊得抬头看了一眼，眼前的人有一张阳光的脸，因为常年被阳光和海风洗礼，所以他的肤色呈现了一种健康的小麦色。

"云雀！"他见我看到了他，便笑了起来，"还记得我吗？"

"你是谁？"我看着他的脸，同时在脑海中搜寻相似的脸，然而我失败了，印象中没有和他相似的人。

"我是田苏，真伤心，竟然都不记得我了。"他有些遗憾地说道，"我刚刚可是一眼认出你来了。"

"田苏……"

这个名字倒是有些熟悉，和这个名字一同浮上脑海的是一张白皙的脸庞。

03

"是你！"我想起来了，在我家不远的地方，住着一户姓田的人家，田苏就是那户人家的孩子，不过因为他大了我五六岁，所以和他并不太熟悉。

不过偶尔见到了，他会逗我说话，逗我笑。

没想到一转眼十年过去，曾经白皙纤瘦的少年长成了眼前剑眉星目的阳光男子。

他比我大五六岁，算起来应该已经毕业了吧，不过我记得他似乎并不擅长学习,也不知道高考结束之后有没有继续念书。

"走,去哥店里坐坐。"田苏说着,很热情地将我带去了海边的一家烧烤店,"怎么样,还不错吧?"

我环顾了一圈,里面的装修非常特别,因为冷气开得足,一进门就感觉非常凉爽。

这个时间并不是吃饭的点,所以店里面有些空。

"请你吃冰激凌。"他走到柜台前,让店员做了一杯冰激凌给我,"想起来,十年没见了啊!听说你考了第一名,真是太厉害了。"

"别夸我啦。"我被他夸得很不好意思,因为这个成绩并不是我努力的成果,因为很简单就能做到,所以在我看来,被夸奖有点儿心虚。这种夸奖应该给那些很努力的孩子才对,但可惜的是我这种不努力却抢走了第一名。

这么一想,我的心里竟然生出了一丝罪恶感。

田苏坐在我对面,和我说了很多话,比如说当年他高考没考好,直接背着背包离开了青鹿。他一边打工,一边在城市之间游走。回来开这家烧烤店是前年的事情,因为这里旅游业很火爆,来海边玩的人很多,所以店里的生意相当不错。

"真是发生了很多事啊。"田苏感叹了一句,"我记得你离开的时候只是个小姑娘。"

"好多人都这么感叹过。"每次听人这么说,我就越发觉得时间真是一种残忍的东西。

"哈哈,是吧。"他笑着说,"不仅是你,海边的小鬼们变化都很大。对了，你不知道吧，那个被你捡到的小男孩，在你走了之后还想要去找你来着。"

"啊？"我愣住了，那时候的舒海宁想过要去找我吗？

"不过被他的家人拦住了，七八岁的小鬼，怎么可能让他去找你？"田苏说道，"说到舒海宁，大概是三年前，好像还发生过一件事。"

"什么事？"我下意识地追问。

我有种直觉，舒海宁会变成现在这个样子，和田苏将要说的这件事有着很大的关联。

"就是……"田苏正要说，他的手机却响了起来，他对我做了一个"稍等"的手势。虽然我心里有些着急，不过还是点了点头。

他接起电话，似乎是送货的货车出了什么差池。田苏接完电话，有些抱歉地看着我："云雀，抱歉，我现在得出去一下，下次再和你聊天。"

"没事，你快去吧。"我连忙说道。

田苏拿了车钥匙急匆匆地跑了出去。

我坐在那里，慢慢地吃完了一杯冰激凌，这才推开烧烤店的店门走了出去。

心中有些困惑，三年前，舒海宁发生过什么事呢？不过，他现在人好好的，而且在我回来之前，他都是第一名，这么看来，他应该也没出什么大事吧！

这么想着，我暂时将这个疑问抛到脑后了。

外面的阳光仍然很刺目，再过一会儿就该到午饭的时间了，也不

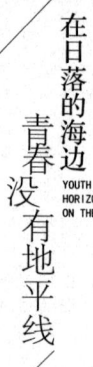

知道奶奶现在走到了哪里。我顺着原路返回,但回到那家饮品店时,奶奶和她的朋友们都不在那里了。

我从口袋里翻出手机,拨通了奶奶的电话,奶奶告诉我她们玩很好,让我一个人到处逛逛,不用担心她。

我将手机重新塞回口袋,平常我很少带手机,不过好在今天带着了,不然这么大的风景区,在这么多人中,要找到奶奶的确是有难度的。

奶奶让我自己逛逛,我要去哪里逛呢?

我现在只想找个地方睡一觉,因为早上起得太早了。可是从这里走回家大概要半个小时,因为已经走得相当远了。

我绕到商店的后面,这才发现第一排商店后面被改造成了休息区,因为背对着阳光,所以这里比集市那边要清凉多了。

休息区域也有不少人,我耐着性子慢慢地往前走,终于寻了一处没有人来,很适合小睡的地方。

那里有一棵很大的油桐树,茂密的树叶挡住了阳光,树下有一张竹制的长椅,椅子上落了一些油桐花。

我用手擦了擦长椅上的灰尘,然后直接躺了上去,舒服地闭上眼睛,在这个闹中取静的地方,缓缓地沉入了梦乡。

我做了一个梦,梦到的是小时候的我和舒海宁。

那时候的舒海宁不爱说话,我蹲在他面前,喋喋不休地问他:"喂,你为什么不说话?"

他只是静静地看着我,他有一张白到近乎透明的脸,碧蓝色的眼眸中是一种想要哭泣的眼神。

他身后是蓝色的大海，海水涌上来又落下去，他一动不动地看着我，他的眼里映出我的脸。

"今天老师又责备我了，我只是告诉大家童话都是假的而已。不只是老师，所有人都觉得我错了。我果然很奇怪吧，可是我不明白这种事啊！"小小的我对着小小的舒海宁说了很多话，哪怕他一句话都没有回应过我，我也没有停下来。

终于，在很久之后，他忽然问了我一个问题："其实你很想要朋友吧？"

无限的黑暗忽然将舒海宁笼罩进去，我伸手想去抓住他，然而四周黑黢黢的，我什么也抓不住。

就在我沮丧的时候，黑暗中亮起了一束光，出现在那里的是长大后的舒海宁——剪得短短的头发，有些自然卷，碧蓝的眼眸像是深海那样深不可测。

那瞬间我的胸腔里溢满了喜悦，我想要朝他走去，可是他的身边不知道什么时候已经有了另一个人的存在。

只有我一个人站在黑暗中，只有我一个人没有长大，仍然是八岁那年的我，小小的矮矮的，一直被当成怪物，被称为天才，可是并不是那样的。我不过是个内心很软弱，期望像其他孩子一样有很多伙伴陪在身边，一起说说笑笑、玩玩闹闹的小姑娘而已。

04

脸上有些痒痒的，有什么东西从脸颊拂过，我缓缓睁开眼睛，黄昏的晚霞和那个人的脸一同落进我的眼睛里。

有那么一瞬间，我以为我仍然在梦境中没有醒来，但他的手还停在我的眼角，那暖暖的温度是那样真实。

可是，有时候在梦里也会有这种很真实的感觉啊！

我下意识地伸手，想要去触碰他的脸。如果什么都没有碰到，那么我一定是在做梦吧！舒海宁怎么可能出现在这里？怎么可能蹲在我面前，用那种很温柔的目光注视着我？

一定是在做梦。

我的手终于触碰到了他的脸，是温暖的。我试着捏了捏，然后我整个人都呆住了。如果这是梦的话，那么这个触感太过真实了。

"舒海宁？"我一下子收回自己的手，睁大眼睛看着他，"你怎么会在这里？"

"我正要问你呢。"他很淡定地收回自己的手，"特地跑来这里睡觉，你是笨蛋吗？"

"你刚刚在做什么？"我伸手摸了摸自己的脸，不知道是不是那个梦境让我觉得很悲伤，熟睡的我竟然落了泪。

"嗯，有树叶掉在你脸上，叶子上有毛毛虫，我拿掉了而已。"他别过脸，用非常平淡的语气说道。

"只是这样？"我觉得他在说谎，如果真的是那样，他为什么不敢看着我的眼睛说？

我真的看不明白，有时候我感觉离他很近了，可是回头发现他站在离我很远的地方。

"舒海宁。"我伸出一只手放在他的脸上，强迫他与我面对面，"你到底是什么意思呢？我想要放弃，可是你拉住了我；我想朝你走近，你又冷冷地走开。我完全不知道怎么办才好啊。"

"我进也不是，退也不是，你要我怎么做啊！"我有些恼火，他难道不知道，我为了他的事情，总是一会儿高兴一会儿失落，像是在坐过山车一样？

他怔怔地望着我，眼底有一些我无法看懂的情绪。

天空慢慢地暗了下来，我身后的油桐树上挂着的小彩灯亮了起来，那光映在他的眼睛里，仿佛是夜空里的星星一样美丽。

"对不起……"他垂下眼帘，修长的睫毛挡住了他的眼睛，我看不到他眼底是什么样的神色，"让你这么困扰。"

"海宁，为什么呢？"我想要问个明白，想要弄个清楚，"你说过去都不算数，你说你已经有了很多朋友，多到没有办法再留个朋友的位子给我。如果是这样，为什么你做不到从头到尾都对我视而不见？"

"拦住要转身走开的我也好，拉住差点儿被车撞倒的我也好，莫名其妙出现在这里，替我擦眼泪也好，如果真如你所说的那么坚决，你根本不会做这些事。"

"那么你呢？"他抬起头来，直视我的眼睛，"云雀，你才是，为什么会这样执着于我？你身边不是已经有了一个唐瑞泽吗？你们那么要好，那么亲密。"

"他是……"我想要解释一下，然而舒海宁打断了我的话。

"如果你只想要拥有朋友，那么是谁都无所谓吧！为什么这么想和我重新成为朋友？就算十年前我们曾经是朋友，可是十年的时间这么漫长，那时候我们都只是小孩子而已，或许绝大多数人都不会记得自己小学时候的朋友吧。为什么你要对一个十年前的朋友如此执着？"

"因为不是舒海宁就不行啊！"我是那么焦急，却不知道怎么办才好，于是近乎吼叫一般的话脱口而出。

我和舒海宁同时怔住了，我忙伸手捂住自己的嘴，我感觉我的脸上像是有一把火在燃烧。

"别说那种话啊，怎么可能无论是谁都无所谓？"我低声说道，"因为我们曾经是彼此唯一的朋友啊！"

"真是……"他用手背捂住眼睛，声音里带着一丝隐忍，"我不是说了，过去的事情我没有回忆的打算吗？"

"抱歉，我忘了。"我说，"海宁，我们之间要保持什么样的距离，由你来决定好不好？变成朋友，或者变成陌生人，我交给你决定。你知道的，我对于没有答案的东西都很不擅长。我烦恼了很久，回来之后，烦恼的都是与你相关的事。昨天在学校，我想我只有一个暑假的时间让我们回到好朋友的关系。可是今天我发现自己果然是个懦弱的家伙，总是还没有往前迈出一步，就想要放弃。可是没有办法，我就是这种差劲的家伙。擅自想要开始，又擅自决定结束，我知道这会让你很困扰吧！可是海宁，你知道吗？一想到我们曾经是好朋友，我的心里就很难受，你吃过没有成熟的青梅吗？像是心里塞了很多那样的青梅，会酸会涩，还会有点儿发胀。"

我仰起头看着深蓝色的天空，海边的夜空并不是那种纯粹的黑，而是非常深的蓝色。星星点缀在夜幕之上，一闪一闪的，像是夜空飞行的飞机机翼上亮着的灯。

"真是狡猾呢，云雀。"舒海宁的声音很轻，他身体往前倾，然后将额头轻轻抵在了我的肩膀上，他的声音如此近地传过来，引得我的胸腔产生了共鸣，"无法解决，所以丢给我吗？小云雀，真的很想和我成为朋友吗？"

"嗯。"我不敢动弹，害怕他觉察到我现在很紧张。

"你离开的那一年，我常常在想，是不是因为和我做朋友，无法让你快乐，所以你才会想要更多的朋友，甚至最后还离开了。"他轻声说道。

"那不是你的错。"我解释了一句。

他是因为这样才不愿意和我成为朋友的吗？

"嗯，我知道。"他说，"只是明白这一点的时候，却没有办法和你联络了。"

他缓缓地抬起头来，他的眼睛里藏了一些我无法看明白的情绪，他说："一起去看烟花吧。"

05

我的视线从他的背上转移到他抓住我手腕的那只手上，心里有种微妙的感觉，总觉得这一切都不真实。

"不是先答应了别人吗？"我闷闷地问道。

他后背一僵，随即又放松下来，声音里有些无奈："所以只能陪你看一会儿。"

是要去花月眠的身边吗？

这个问题堵在胸口，好几次想要问出来，最终又没能问出口。

不是不敢问，而是不敢听他的答案，如果他回答我"是的"，我接下去要说些什么呢？

我知道的，在我没有参与的十年之中，他的身边已经有了很多人的存在。原本离他最近的那个人明明是我，却在那些时光里被花月眠取代了。

我的胸口堵得慌，还有些不易觉察的疼痛。我到底是怎么了？我变得不像我了，这些心情都很陌生，我不明白拥有这样的心情到底意味着什么。

可是想到他要去花月眠的身边，我就难过得不知道怎么办才好。

想要拦住他的去路，想要强行把他留在这里。

到底为什么我会对他这样执着？

不仅是舒海宁不明白，其实连我都弄不明白。

"砰——"一声爆响，一朵硕大的烟花自头顶的天空盛放开来，整个天地在这一瞬间被照亮。我和舒海宁停下了脚步，看样子是赶不到看烟花的地方了。

不过就在这里看也不错，因为周围一个人都没有，这么大这么空旷的地方，只有我和舒海宁两个人。

一直以来对烟花并没有多大兴趣的我，第一次觉得能来这里看这场烟花真的太好了。

后来，很多年后再次想起这一幕时我才明白，美的不是烟花，而是烟花盛开的刹那，那个人就在我身边。

"砰——"爆裂声不断响起，一朵烟花还未谢去，另一朵烟花就在夜空炸开，整个天空都被烟花填满，虽然这光转瞬即逝，但的确美得惊心动魄。

"烟花很好看。"我轻声说道,"海宁,你还没有告诉我你的答案。"

是成为朋友,还是继续陌生人的关系,他并没有给我一个答复。

他转身面对着我,笑了笑,说道:"面具真好看。"

我还未来得及说话,他忽然伸手将我斜扣在我脑门上的面具拉下来挡住我的脸。我感觉到他忽然靠近了我,隔着一层面具,他的额头抵着我的额头。

仿佛能够听到他的呼吸与心跳声。

如果说我们曾经距离彼此最近的时候只有十厘米,那么现在我们的距离不过剩下了一毫米。

明明是这么近,近到我以为我们已经穿越了这十年漫长的岁月,回到了小时候,依偎在海边,并肩看着满天繁星的时光。

我和他一定能回去的,对吧?

眼前只能看到他投射下来的阴影,漆黑一片,什么都无法看清。

"对不起。"好一会儿,我听到他这么对我说,"我果然还是没有办法让你作为朋友待在我的身边。"

"呃?"我的心脏猛地一缩,我瞪大眼睛,想要看清他的脸。

可是他按住了我的肩膀,不让我拿下面具。

他说:"时间到了,我要到之前约好的那个人身边去了。"

"还是没有办法和我成为朋友吗?"我听见自己的声音在颤抖,有什么东西滑过脸颊,流进嘴里,是苦的。

多么庆幸有面具的存在,至少这样他看不到我此时的表情。

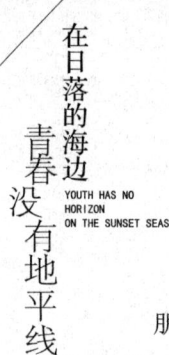

我不能在他面前哭,那样就好像我输掉了一样,不过是没能成为朋友,这没有什么大不了的。

"嗯。"他松了手,往后退了一步。

我透过面具看着他,他低着头,细碎的额发挡住了眉眼,他的唇微微抿着。

"我走了。"他说完,转过身往前走了几步,和之前好多次一样,他的脚步似乎迟疑了一下,然后在我以为他要回过头来看我的时候,又用更快的速度朝前走去。

我挪开面具,我用手背擦掉脸上的泪水。

明明没有什么值得流眼泪的,可是这眼泪怎么也无法停止。

海风啊,你要把他带去哪里呢?

是去花月眠的身边吗?

我抬起脚步跟着舒海宁往前走,我跟着他走入喧闹的人群中,跟着他走过一个又一个小摊。烟花在头顶绽放,短暂的光明之后是黑暗,明明灭灭的烟火之中,我看到舒海宁终于走到了一个人的身边。

果然是花月眠,她站在那里对着舒海宁微笑,我拉下面具挡住自己的脸。

舒海宁在花月眠的身边停下,然后他们肩并着肩,仰头看着头顶的烟花。我看到花月眠圈住了舒海宁的手臂,我看到花月眠将头倚在了他的肩膀上。

我强忍着想跑过去推开花月眠的冲动,我连他的朋友都不是,我只是个陌生人啊,这样的我哪有资格去做这种事?

最大的一朵烟花在天空炸开的时候,我看到花月眠揪住了舒海宁的衣领，舒海宁低下头的时候，她伸手捧住了他的脸，火光闪亮的刹那，她踮起脚尖吻了他一下。

"轰——"

我的大脑一片空白，那个瞬间，我听到了重要的东西消失的声音。

原来是这样吗？

原来是这样啊！

这样的话，身边的确是没有我的位置了，毕竟如果继续和我当朋友的话，花月眠会误会吧！

舒海宁，是这样吗？

因为花月眠的存在，因为你们是这样的关系，所以我们连朋友都不可以做吗？

那么为什么要和我说那种话？为什么总是忽远忽近？那时候我明明感觉到你在朝我靠近。如果最终还是要给我这样的答案，为什么还要默许我的靠近？

那样显得我就像个傻瓜一样啊！

为什么要牵我的手？

为什么要替我擦眼泪？

为什么要带我看这场烟火？

为什么要给我希望，然后再亲手毁掉？

为什么我明知道随便对人抱有期待就一定会等来伤害，却还要一而再再而三地对他抱有期待？

我在期待什么啊？

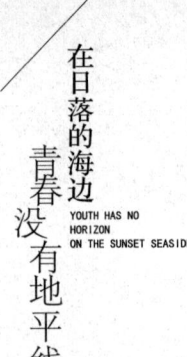

我到底要愚蠢到什么地步啊？

我蹲在地上，双手抱住膝盖。

八岁那年的孤独感，穿越了十年的时间，再次将十八岁的我彻底吞没了。

"找到你了。"有个声音忽然在我的耳边响起，接着我落入了一个温暖的怀抱，唐瑞泽熟悉的嗓音近在咫尺，"抱歉，回来晚了。小云雀，一起来看烟花吧。"

第五章

我与你之间的十年距离

YOUTH HAS NO HORIZON ON THE SUNSET SEASIDE

YOUTH HAS NO HORIZON ON THE SUNSET SEASIDE

我们曾经无限靠近，我甚至听到你的心跳和呼吸声。

我的的确确感觉到了你在朝我走来。

可是睁开眼睛，你仍在离我十年那么远的过去。

01

我扑在唐瑞泽的怀里号啕大哭，心里溢满了陌生的情感，我读不懂，唯有这样哭出来才能稍微好受一些。

"你啊！"他的声音宠溺中带着一丝无奈，"稍微没有看着你，就把自己弄得这么狼狈。"

他轻轻地拍了拍我的后背，轻声说道："别哭了，你看，烟花开得多好看啊！"

我吸了一下鼻子，慢慢地停止了哭泣。或许是因为见到了家人，所以情绪才会在一瞬间崩溃。听着唐瑞泽安慰的话语，心情终于平静下来。

他松开了我，微笑地看着戴着狐狸面具的我："真是，戴着这种面具，害得我在人群里找了很久才找到你。"

"为什么戴了面具还能找得到我啊？"我闷闷地问道，"瑞泽，你有透视眼吗？"

"我没有透视眼，我有读心术。"他伸出手来，想要拿开我脸上的狐狸面具，我往边上躲了一下。

"不许看。"我赌气道，"不能让你看。"

"我说小云雀……"他的声音忽然变得低沉了一些，原本嬉笑的表情也不见了，取而代之的是有些吓人的严肃表情，"不要动。"

我从未见过唐瑞泽露出这种表情，所以他让我不要动，我竟然真的站在那里一动也不动。

他轻轻地将我的面具掀开，将面具扣在我的脑袋上，抬起手，用白衬衫的衣袖慢慢地替我擦脸上的泪水。

他擦得很仔细、很认真。

我呆呆地望着他的脸，我认识的唐瑞泽会做这种事吗？

"怎么了？"他淡淡地问了我一声，"为什么要用这种看外星人一样的眼神看着我？"

"因为……瑞泽，你就像妈妈一样。很小的时候，我是和奶奶一起生活的，后来即使去了国外，爸爸妈妈也很忙，大部分时间我都是和你在一起。真的，一直以来，你就像妈妈一样陪在我身边，尤其像现在这样，仔细地替我擦眼泪，真的让我感受到了妈妈般的温暖。"

"你这家伙。"唐瑞泽顿时有些哭笑不得，他伸手刮了下我的鼻子，"再胡说，我就揍你了。"

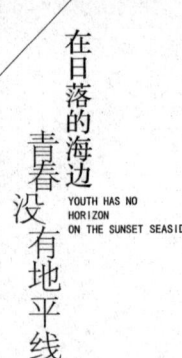

"对了,你怎么知道我在这里的?"我问道。

唐瑞泽说:"我回家之后,奶奶告诉我的,说你应该在这边看烟花,所以我就过来了。"

"奶奶已经回去了啊!"我这才想起来我是陪奶奶出来的。

"所以,为什么要哭?"他拍了拍我的脑袋,"我记得小云雀是不爱哭的。"

"看那边。"我指着舒海宁的方向,"因为那家伙说了,我们不可能成为朋友的。"

唐瑞泽顺着我的视线看过去,他轻轻笑了笑:"他说了,你就放弃了吗?"

我不想去看舒海宁,不想看到舒海宁和花月眠亲密地靠在一起的样子。

"因为是没有办法的事情。"

"因为那个叫花月眠的女生吗?"唐瑞泽问道,"因为一个女生,连做朋友也不可以吗?"

"他们在一起了吧。"我的脑海中回想起那个吻,心里有一丝尖锐的刺痛一闪而过,"这种时候,我们是不可能再回到过去的好朋友关系了。"

"小云雀。"唐瑞泽似笑非笑地看着我,"就算他们两个人真的在一起了,只是成为好朋友的话,是不要紧的。无论是谁,都会有异性朋友的。"

唐瑞泽的话仿佛是一道闪电,劈开了我浑浑噩噩的大脑。

"无论是你还是舒海宁,你们把朋友这种关系当成了什么啊?"唐瑞泽淡淡地说道,"不过是朋友而已,不会对任何人造成困扰的。"

是啊,只是朋友而已,为什么我会认为,舒海宁是因为和花月眠在一起的缘故才不肯和我成为朋友?

明明朋友和女朋友是完全不一样的,也不会产生冲突啊!

只是朋友而已,我为什么会那么在意花月眠和舒海宁之间的关系?看到花月眠吻舒海宁的那一幕,我为什么会觉得心痛?为什么会一下子哭出来?

我到底在想什么啊?

"去打声招呼吧。"在我陷入混乱中的时候,唐瑞泽搭着我的肩膀,拥着我朝舒海宁的方向走去。

烟火仍然在闪烁,唐瑞泽走到舒海宁面前,微笑着说道:"你们好啊,又见面了。"

舒海宁和花月眠终于发现了我和唐瑞泽的存在。

花月眠的手还圈着舒海宁的手臂,见我来,似乎有些不好意思,不过她没有松手,舒海宁也没有抽出自己的手臂,任由她这么圈着。

"真巧啊,你们也来看烟花吗?"花月眠笑着说道,"云雀,你下午去哪里了啊?我们遇到田苏,他说你也来这边了,都没有遇到你。"

我心里微微一动,花月眠知道了我来这里,是不是说舒海宁也知道这件事?

所以他才会在我醒来的时候出现在我的面前,可是这又怎么可能呢?这片沙滩这么大,他怎么可能知道我在什么地方?

除非他是特意找到我的。

心里微微一颤,这个念头刚刚浮上来的一瞬间,就被我狠狠戳破了,因为这种事是不可能的吧。他和花月眠在一起了啊!他怎么可能放着花月眠不管,跑来找我呢?

我下意识地看了舒海宁一眼,却见他的视线落在了我的肩膀上,我偏头顺着他的视线看了一眼,那是唐瑞泽搭在我肩膀上的手。

"云雀?"花月眠见我不说话,又喊了我一声。

我回过神来,瞥了她一眼,拽着唐瑞泽就要走。不知道为什么,我对花月眠的讨厌越来越严重了,严重到我看到她就觉得嫌恶。

"回家吧。"我拉下面具挡住自己的脸,不想任何人看到我此时面目可憎的表情。

"再见了,两位,玩得开心。"唐瑞泽很有绅士风度地对舒海宁和花月眠说。

"走啦!"我拽着他走快了,直到走出看烟火的人群,我才大大地松了一口气。

和唐瑞泽一边聊天一边往家的方向走,这个烟火大会真的太糟糕了,要是没有来就好了。可是没有来这里,就不会和舒海宁一起看烟花了吧。

虽然只是一起看了几分钟的烟花而已,虽然回想起来心中仍然隐隐作痛,但是我不想否定今天的一切。

"你不是说今天不能来看烟花吗？"我想起前天他说要参加班级聚会的。

唐瑞泽瞥了我一眼，说道："因为聚会有点儿无聊，所以我中途离场了，怎么，你有意见吗？"

"当然没有意见。"我笑着说道，"不过，你能来真是太好了。"

"你啊！"他敲了敲我的脑袋，"真是不让人省心，你这个样子，我没办法放着你不管。"

"喂，别敲我的脑袋了，再敲就要变笨了。"我抗议道，"到时候世界上就要少一个天才了。"

"你本来就很笨，还用我敲吗？"他好笑地说道，"你这个单细胞生物。"

"唐瑞泽！"我怒了，"我是低情商，我是单细胞，那你是什么？"

"我是低情商、单细胞生物的哥哥啊！"他答道。

我顿时就泄了气，好吧，唐瑞泽，你赢了。

02

大学录取通知书是在八月初的时候送来的，S大金融专业，和唐瑞泽一样的学校，一样的专业。

唐瑞泽是在七月初的时候放了暑假，没有任何悬念的，他拿到了那年的奖学金。

最后那笔奖学金被用来买了两张飞机票，我和唐瑞泽一起飞去了妈妈所在的国家。不知道为什么，我不想待在青鹿，总觉得那里的空气压抑极了。

唐瑞泽问我，要不要去看妈妈和爸爸时，我几乎是一瞬间就同意了。

真奇怪，明明在家的时候心情是那么不好，可是一走进研究所，那些不开心的情绪都消失不见了。

和十年前一模一样，那时候的我近乎崩溃，离开青鹿之后，我终于能够微笑了。

"既然来了，就帮我干活吧。"妈妈见到我和唐瑞泽之后的第一句话就是这个，不过妈妈做的事情只有我能帮得上忙，唐瑞泽被妈妈丢去爸爸那边了。

我看着卫星拍回来的照片，总觉得这些很亲切，果然天空比人要好相处多了。我无法看清楚人类的感情，所以我总是无法很好地理解自己的感情。

"发生什么事情了吗？"妈妈一边用铅笔绘图，一边头也不抬地问我。

"没发生什么啊！"我不想让妈妈知道我和舒海宁之间的事，因为那种小事和整个星空相比，实在是太渺小，总觉得妈妈知道我为这种事烦恼，一定会狠狠地嘲笑我的。

"回去才一个月的时间，就灰溜溜地跑回来，你以为我会相信你说的话？"妈妈抬头瞥了我一眼，"说说吧，作为过来人，说不定可以给你建议。"

"妈妈，您还记得十年前您把我从青鹿带来这里的事情吗？"我问道，"妈妈那时候为什么会想要带我走呢？"

妈妈回想了一下，缓缓道："因为那时候你的眼神就像是死掉了一样，总觉得如果把你放在那里不管是不可以的。虽然不知道到底发生了什么，让你不再相信人，不过我觉得，如果是云雀的话，只要经过一段时间，就可以从困顿里走出来的。"

"不相信人？"我愣住了，"那时候在妈妈的眼里，我不愿意相信人吗？"

"我还记得那时候你说了这么一句话，你说那里不是属于你的容身之所。云雀，你知道人为什么会执着于寻找容身之处吗？"妈妈问道。

我茫然地摇摇头。

"人会把心寄放在别人那里，感受到温暖和爱，心才会感到安宁。人是不能一直一个人活下去的，就像是采下来的花儿离不开水一样，一旦离开了水，花就会枯萎的。而人类也是一样的，如果一直都是一个人，也会变得毫无干劲、颓废、自暴自弃、没有安全感。这些东西，其实很多都是别人给予的。"

"所以我带你离开了那个地方，如果那里让你变得不相信人，那么那个地方就不适合你生活。"妈妈看着我的眼睛，问道，"明白了吗？"

"嗯，虽然还有些迷糊，不过大概的意思我是能明白的。"我说道。

"所以说，这次又是为了什么？"妈妈将一张已经完成的图纸放在右手边，"虽然我是个科学家，但我首先是你的妈妈，女儿的心思我也想要听一听。"

我的心中一暖，仿佛空荡荡的内心一下子就被填满了。

"妈妈，为什么会有心痛的感觉呢？"我放下手中的铅笔，双手托着腮问道，"会觉得心脏好难受，非常在意一个人，应该是对那个人很执着才对。有时候觉得很高兴，但又会觉得很失落，还会不安，会因此更加讨厌某个人。"

"我想不明白这个问题，这个问题让我很困扰。"我说道，"所以我来了这里。真奇怪，到了这里，我就完全不会再有这种感觉了。"

"哎呀！"妈妈忽然看着我笑了起来，"我们家的小云雀，你恋爱了啊！"

"什么？"我愣住了。

妈妈刚刚说了什么？我恋爱了？

"妈妈，您别开玩笑啊！"我心里有些焦急，"我怎么可能恋爱呢？我都没有喜欢的人啊。"

"可是云雀，你说的那些都是喜欢上谁的时候才会有的心情啊！"妈妈伸手揉了揉我的头发，"友情是让人快乐的，但是爱情会让人心痛。你喜欢那个想要和他成为朋友的人吧！"

"怎么可能啊？"我飞快地否认，"那怎么可能是喜欢？我只是有些在意他，只是想到他就会心里堵得慌，只是在他靠近我的时候不知如何是好，我只是……只是……"

只是怎样呢？

只是毫无来由地执着于他。

"云雀。"妈妈正色道，"你说的这些都是喜欢上一个人的'症状'。"

脑海中原本有些模糊不清而我已开始觉察到的东西，因为妈妈的话一下子变得清晰起来。

我喜欢舒海宁，所以才会过分地执着于想和他回到曾经的好朋友关系，所以才会很在乎他和伤害过我的花月眠走在一起，所以才会没来由地对他抱有期待，所以在看到他和花月眠亲吻的那一幕，才会一下子哭了出来。

"原来是这样啊！"我轻轻将手按在胸口，心脏在跳动着，"原来这就是喜欢啊！"

"去告白吧，告诉对方你喜欢他。"妈妈用如此惊悚的一句话，给我和她之间的交谈画上了一个句号。

"等等，他有女朋友了。"我连忙说道。

妈妈点了点头："嗯，这样就不能告白了，不管多么喜欢那个人，但只要那个人在交往，就一定不能告诉他你的心意。"

"我知道了。"我说，"我不会告白的。"

"好孩子。"妈妈赞赏地说道，"这才是妈妈的好孩子。"

"虽然您是在夸我，但我怎么觉得有些不对劲呢？"我黑着脸说道,"为什么您的语气像是在夸一个小学生?我马上要上大学了啊。"

"上大学了也还是我的孩子。"妈妈睨了我一眼,用居高临下的视线瞪着我,"你有意见?"

"当然没有!"我很果断地说道。

03

我得试着忘记对舒海宁的喜欢,因为他和别人在一起了,所以我不能让他知道我的心意。

于是,整个暑假我都留在妈妈的工作室帮忙,只要暑假不见面,开学之后,他就会和花月眠一起去别的城市念大学,这样也就可以不见面了。

很奇怪,在知道自己喜欢舒海宁之前,对于花月眠,我抱有莫名的敌意,当然其中大部分是因为她伤害过我。

但是现在,知道了自己的心情,想到花月眠,反而不会那么讨厌。

大概这就是爱屋及乌。

我一点儿也不想放弃讨厌花月眠,所以我必须忘记自己喜欢舒海宁这件事,应该很容易做到吧!

因为算起来,十年后的重逢,我与他一共也没有接触多少次啊!

呃,一开始我故意与他擦肩而过,希望他认出我的那几次,可以忽略不计。

到底是为什么喜欢他？在什么时候喜欢他的？

我怎么也想不出个所以然来。

难道是那天他拉了我一把，在我耳边骂我"笨蛋"的那次？

或者是烟火大会的时候，他给我擦眼泪，将脑袋搁在我肩膀上的那次？

不对不对，都不对，我将这些可能性都否定了，然后就像泄了气的皮球，趴在桌子上动也不想动。

我实在不愿意承认自己想了大半天的结果是什么也没想起来。

总之，我喜欢舒海宁这一点是没有疑问的。

只要知道这道题最后的答案就行了，不过现在答案变成了题目，遗忘这段感情是答案，中间的过程要怎样推导，我却怎么也得不出结论。

脑海中那么多的数学公式、化学公式、物理公式，没有哪个能够套用在我的问题之中。

"明天就要回去了，云雀，陪我去个地方吧。"唐瑞泽站在门外喊了我一声。

妈妈没抬头，只是说了一声："去吧，有你帮忙，我手上的活也快做完了。我这里不用你了，你和瑞泽出去走走吧。"

"好的。"我放下手里的铅笔和尺子，缓缓地朝唐瑞泽走去，"去哪里？"

"去看个老朋友。"唐瑞泽笑着说道。

和唐瑞泽坐上地铁，三十分钟之后，我和唐瑞泽站在了一栋天主教教堂前面。

"这里是?"我有些不太明白,唐瑞泽为什么要带我来这里。

唐瑞泽说:"你爸妈收养我之前,我在这里生活。"

"啊?"我愣住了,唐瑞泽从未和我说起过自己的事情,我只知道他在十一岁的时候被爸妈收养,从此作为我的哥哥,成为了我家的成员。

"以前照顾我的一个牧师生病了,我来看看他。"唐瑞泽说着,率先进了教堂。

原来是来探病的吗?

"空手过来,这样好吗?"虽然我情商不高,说话很直率,但是最基本的常识我还是知道的,"要不要去买个水果篮过来?"

"不用。"唐瑞泽抓住我的手臂,拉着我往前走,"你回自己的家会买水果吗?"

"当然不用啊。"我近乎脱口而出,说完我就明白了唐瑞泽的话。对于唐瑞泽来说,这里是他的家,所以回家看望家人是不需要走那些虚礼的。

唐瑞泽拉着我一路走到了教堂的二楼,顺着悠长的走廊一直走到尽头,有一扇开着门的房间,那是一处卧房,有个满头白发的老人躺在床上。

唐瑞泽带着我走了进去,床上的老人听到脚步声,睁开眼睛,一双灰蓝色的眼睛里有着慈祥的眼神。

"是瑞泽回来了啊!"老人微笑地看着唐瑞泽,用生硬的汉语说道,"你身边的这个是女朋友吗?"

"是妹妹。"我答道,"我是瑞泽的妹妹,是家人。"

唐瑞泽回头看了我一眼,眼神里有一丝我看不懂的神色。他走到老人身边,询问道:"身体好些了吗?"

"我大概是活不到今年的圣诞节了,不要露出这样的表情,孩子。人总会死的,或早或晚而已。"老人笑着说道,"好久没见了,瑞泽长大了啊!"

"嗯,养父养母对我都很好。"唐瑞泽说道。

"你们聊着,我出去走走。"我说了一声,就从那个房间走了出去,唐瑞泽没有阻止我。

我想,大概唐瑞泽有很重要的话想要对牧师说吧。

从二楼下来,教堂里来了人做礼拜。

我走出教堂,沿着一条小路走了一会儿,就是一片碧绿的草坪,草坪修剪得很好,一棵巨大的梧桐树种在草坪的中央,梧桐树的下面放着四张木质的靠背长椅。

我走过去,在长椅上坐下,透过梧桐树茂密的枝丫,可以看到碧蓝的天和洁白的云。微风拂面,冷热适中的温度,让人非常惬意。

我躺在长椅上,看白云从蓝天上飘过,这里的天空和海边的天空完全不一样,并不是那种近乎能滴出水来的蓝色,而是非常干净透明的淡蓝色,只是这么看着,就能让人放松下来。

教堂的钟声响起来,仿佛所有的烦恼都被这钟声敲散了一样,我舒服地闭上眼睛,长长地呼出一口浊气。

这样躺了一会儿，就在我快要睡着的时候，唐瑞泽走了过来，拍了拍我的脸。

"起来了。"

我从长椅上坐起来，唐瑞泽在我身边坐下，靠在长椅上，好一会儿才说："是癌症末期。"

"很难过吧，毕竟那是家人。"我不知道该说什么好，我不太懂如何安慰别人。

"嗯，我是九岁的时候被牧师带去教堂的，九岁到十一岁，我都在教堂生活。"唐瑞泽缓缓地和我说起他的事情，"我的家在南方一座多雨的小城。你知道的，像我们这样的人，一旦被人发现在某些方面比较有天赋，就会被迫去做自己不喜欢的事情。"

"六岁那年，我开始排斥去学校上课，于是家人就把我锁在房间里，他们给我买了很多书。我只有两个选择，要么去学校上学，要么自己看书学习。"

"你一定选择了后者。"

因为如果是我的话，也会这么选择吧。学校的课程对于我们这样的人来讲，简单到有些枯燥。

唐瑞泽说道："那个房间小小的，有些昏暗，只有头顶有一盏白炽灯，通向外面世界的只有一扇窗户。"

"那扇窗户的对面是一堵墙，因为窗户是开向窄巷的，每到下雨天，那个小房间就分外昏暗，透过窗户看到的天空也是灰蒙蒙的。"唐瑞泽说到这里，稍微停顿了一下，"直到九岁，三年的时间，我都是在那个小房间里度过的。"

04

唐瑞泽九岁那年，他的父母给他报名参加了小学生奥数大赛，他拿到了第一名，被推荐去参加国际奥数大赛。

也就是在那一年，唐瑞泽的父母在送他去机场回家的路上，遭遇了一场特大车祸，那时候他在飞机上，还不知道自己已经成为了一名孤儿。

后来他就在这个国家生活下来，直到被我爸妈收养，他都是在教堂里生活的。

我听完唐瑞泽的话，很久都无法平静。

"别露出这种表情啊。"唐瑞泽敲了敲我的脑袋，"已经过去这么多年了，我已经不会觉得悲伤或是难过了。"

"那个时候一定很孤单吧？"我轻声问道，很多东西他没有告诉我，我也不知道如何去问，我怕我的直截了当会让他难过。这个时候我多希望我的情商能够高一些，那样我就能说出一些安慰人的漂亮话。

"瑞泽，我是你的家人。不只是我，爸爸妈妈还有奶奶，我们都是你的家人。"我只能笨拙地说出这种话。

"我明白的，我一直都明白，我总是在想，能够来到你的身边，我是多么幸运。"他冲我微微笑了笑，"因为有你在，我的光芒就不会显得那么耀眼，而且你或许自己都不知道，你其实很坚强的。"

"一点儿都不坚强啊!"我低下头,眼神黯然,"在我眼里,瑞泽才是坚强又强大的存在。有很多事情我都做不到,我总是将希望寄托在别人的身上,以至于让自己一而再再而三地受伤,如果我的内心能够更强大一些就好了。"

"我说过你很坦率吧,不管高兴还是生气,都不会隐藏自己的情绪,其实不够强大的人是做不到这一点的。你看,其实我现在很难过,我却不敢表露出来。有时候坦率也是一种勇气,那并不是内心软弱的人能做到的事。"他微笑地看着我,"每个人都有软弱的一面,就算是你眼里很强大的我,也会因为某些事感到悲伤,也会因为某些事情而着急。没有人能够一直淡定从容,总有一些人或事会打破那种从容。"

我愣住了,难道唐瑞泽今天带我来这里的真正目的除了探望故人之外,就是想传达这些话给我吗?

"我让你担心了吗?"他看出我这些天混乱的心境了吗?所以才会和我说这些话,告诉我,我并不是那种软弱的人?

"没有。"他揉了揉我的头。"别想太多,我只是有感而发。走吧,我们回去收拾行李吧,毕竟明天就要回去了。"

"好。"我点点头,和唐瑞泽并肩往前走,不知道是不是自我感觉太过良好,总觉得原本有些空的心脏被某种东西填充进去,有些沉,却让我真切地感觉到自己的内心。

都说在高三最后的暑假,很多懵懂的少年会真正长大,长大成一个成熟的大人。我原来并不明白那究竟是什么意思,现在我却有些明白了。

长大或许就是这么一回事吧，内心变得比以前沉重，软弱的人变得沉默，强大的人变得耀眼，然而不管如何变化，或许在内心深处，都藏着一抹不想去触碰的暗色。

回到家的时候，爸爸妈妈提前回来了，妈妈准备了一桌饭菜，一家人总算有机会在一起吃顿饭了。

在我的印象中，爸爸妈妈总是忙个不停，后来我稍微大了一些，就试着帮妈妈做一些简单的事，总想着妈妈快点儿做完手里的工作，或许就有时间多陪陪我了。

再后来就有了唐瑞泽，于是大部分时间都是他陪着我吃饭、看书，和他聊天总是很轻松，人生中第一次，无论我说什么都会有人回应我。

吃完了晚饭，我将东西都收拾好了，这时候妈妈抱着一个大大的纸盒子进来，她将盒子丢在我床上："这是考第一名的奖励。"

"哦，还有这种奖励吗？"我扑过去打开纸盒子，里面是一台笔记本电脑，"考不到第一名才该有奖励吧。这样真的好吗？买这么贵的笔记本给我，这个不是市面上在售的笔记本吧？"

"是研究所里批量购买的，处理器很棒，这个给你，也是为了在我忙不过来的时候让你帮我工作。"妈妈很坏心眼儿地说道，"反正大学的课程对你来说根本不算什么，尤其是金融系，你的时间应该非常多。"

"喂！"我抗议道，"这样我哪里还有时间去感受大学生活？"

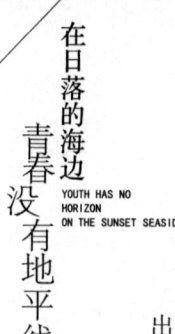

"这是你自己的事情,自己的时间要自己安排哦。"妈妈说完就出了我的房间,我坐在床上看着眼前的笔记本电脑。

算了,偶尔帮帮忙也并不坏,毕竟我不讨厌头顶的那片天空嘛。说是不讨厌,其实是有些喜欢的。

只是因为舒海宁的缘故,每次仰望星空,心里总会隐隐作痛,心情会变得很沉重,以至于呼吸都会觉得很费劲。

我在逃避头顶的星空,因为我不想再有那种感觉了。

我和唐瑞泽是在第二天的下午回到青鹿的,我明天就要去大学报到,不过唐瑞泽和我并不是同一天开学,他距离开学还有一个星期的时间。

大学一开始当然是军训,军训期间是强制住校的,军训结束之后,我就可以每天都回家了。

而且在暑假期间,大学到海边的地铁终于通车了。

收拾了这几天要换洗的衣服,原本以为没多少东西,可是把所有要带的东西都收拾进去,竟然装满了一个二十寸的行李箱。

我原本不打算带笔记本过去,因为又重又大,可是妈妈特地打电话回来,让我一定要带上笔记本电脑,还有手机也必须带在身边。最重要的是不能忘记给手机充电,要让她随时能够联系上我。

因为就在这几天,头顶的那片广袤无垠的宇宙中,将要发生一场盛大的天文奇观。这种时候,天文学家永远是最忙碌的,妈妈也不例外。

没办法,我只好把笔记本电脑也塞进了箱子里。

我收拾好了一切，奶奶就在楼下喊我下去一趟。

我以为是奶奶有事找我，下了楼才发现找我的并不是奶奶，而是花月眠。

我很意外，花月眠来找我是为了什么？在明知道我很讨厌她的情况下，还要跑过来给她和我添堵，她是傻瓜吗？

"云雀，我有话想要对你说。"她站起来，对站在楼梯上打算无视她直接上楼的我说道，"很重要的话，有关海宁的，我希望你听一听。"

05

五分钟后，我和花月眠站在了我家大门外。

明明应该转身走掉的，明明应该无视有关舒海宁的事情的，我却不受控制地跟着花月眠走了出来。

"有什么话直接说吧，我不喜欢拐弯抹角。"我靠着铁艺大门，沉声道。

花月眠似乎在纠结着什么，好一会儿都不说话，就在我不耐烦想走的时候，她终于开了口："云雀，你对舒海宁是怎么想的呢？"

"童年的玩伴，就这样。"我淡淡地答道。

"除了这个，没有其他吗？云雀，你是不是很在意海宁？"

是不是女生的心思总是比较细腻，所以她觉察到了我的心情吗？

是这样的话，那就没有办法了！

"虽然我到现在还是有些不明白那究竟是怎么一回事，但是我觉

得我应该是喜欢他的。"我直截了当地说道,"花月眠,你已经和舒海宁在一起了吧?你放心,只要你们还在一起,我就什么也不会说,而且舒海宁也说过,他的身边已经没有我的位置了。"

花月眠的眼神颤了颤,像是有些意外:"为什么你会觉得我和海宁在一起了……啊,是那天吗?你看到了啊?"

"是啊,我看到了。"我无比坦荡地看着她的眼睛,"我看到你吻了他,所以就是这么一回事吧!那种事,不和喜欢的人是做不出来的。"

花月眠的身体僵硬了一下,而后又很快放松,她低下头不敢直视我的眼睛:"所以你一定不会抢走他的,是吗?"

"你来就是为了和我说这些无聊的话吗?"我皱起眉头问道,"停止这种无聊的牵制吧!我说了,只要他还和你在一起,我就什么也不会说,而且也不打算说。这样你安心了吗?"

"对不起,云雀,我或许真的做了很多伤害你的事情,以前我都是无心的,但是这一次,请原谅我好吗?我真的很喜欢海宁,虽然我这么说有些过分,但是我真的不想失去他。"她的声音有些颤抖,看得出来她在逞强,"可不可以答应我一个任性的请求?可不可以请你和海宁保持距离?"

"你真的很让人恶心。"我冷冷地说道,"你和舒海宁怎么样是你的事情,跑来和我说这些是想干什么?我好像还没有原谅你吧,我现在仍然很讨厌你。你刚刚说的这些话,让我觉得不原谅你是对的,你太小看我了,也太小看舒海宁了。他为了你,连朋友都没有和我做。你说这种话,就好像我和舒海宁之间有什么见不得人的事情一样。花月眠,我不喜欢玩人前一套人后一套,一切阴暗的东西我都不喜欢。"

"为什么不能让自己阳光一点儿?"我实在忍不住了,"你对我说这些话有什么意义?你真的太让人恶心了,就这样!"

她张了张嘴,像是想要说什么,然而最后她什么都没有说。

我转身往回走,心中很是怅然。

说什么让我和舒海宁保持距离,她是脑袋有洞吗?马上就要开学了,她和舒海宁会去同一所大学念书,而我会留在这里,我和舒海宁哪里还会再遇见?

她在担心什么呢?

完全没有必要担心吧,虽然我不知道舒海宁喜欢花月眠什么,但他为了她而拒绝我的靠近,将一切有可能对她造成伤害的因素早一步扼杀在摇篮里。

就冲这一点,舒海宁一定是很喜欢花月眠的吧!

真烦啊,为什么要让我再去想有关舒海宁和花月眠的事情?

这一夜我睡得很不安稳,断断续续做着梦。

梦境里的我孤零零地站在海边,仿佛天与地之间只剩下了我一个人。

那种感觉真的好糟糕,早上醒来,我的眼角还挂着眼泪。

匆匆忙忙洗漱完毕,换上一套衣服,将头发梳理整齐,我下了楼,吃过了早饭,和奶奶说了一声,就拖着行李箱出门了。

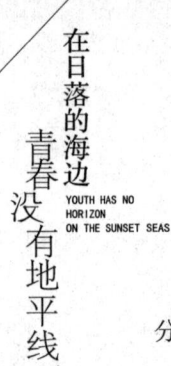

海边的地铁口,距离之前坐公交车的地方不远,步行过去要十五分钟的样子。

朝阳落在脸上,带给人一种朝气蓬勃的感觉。到了地铁口,过安检的时候,我弯腰去拎行李箱。

箱子还真是重啊!这种时候我有些后悔,没把唐瑞泽喊起来送我过来,要把这么重的行李箱放到有我腰那么高的传送带上,还是有点儿难度的。

正在我打算把箱子放下去的时候,一只手牢牢抓住了箱子的把手。接着,那只对我来说重得跟石头一样的箱子,很轻松地就被那只手提起来放在了传送带上。

"谢谢你啊!"我很感激地说了一声,回过头来想要看看是哪位助人为乐的雷锋,然而当我看到舒海宁那张熟悉的脸时,笑容一瞬间僵在了脸上。

"不用谢。"他很从容淡定地将自己的箱子放了上去,"后面的人还在排队。"

"哦。"我瞬间回过神来,快步往前走了几步,我的箱子已经从传送带上滑下来了。我将箱子的拉杆拔出来,拖着箱子往前走。

我有些搞不清楚状况,舒海宁为什么会在这里,他也是来坐地铁的,难道是去火车站吗?有可能,因为今天是很多大学开学的日子,说不定舒海宁的学校也是今天开学。

不对啊,我回头看了一眼,舒海宁是一个人来的,他不是和花月眠一所学校吗?他在这里,花月眠呢?

是先去了车站吗？我这么想着，买好了车票，拖着箱子朝着进站口走。

不管是怎么样，都和我没有太大的关系吧。

索性不去想舒海宁的事情，我站在了候车线外等着地铁进站。

车很快就来了，尽管是刚通车，但是因为海边的人流量很大，所以人也很多。

我拖着箱子走进去，地铁里的座位都有人坐了，我拖着箱子找了一处还算安全的地方站好。

但是这时候舒海宁也走了进来。

"从刚刚开始，你就在故意无视我吧？"舒海宁站在我身边，微微皱着眉头问我。

我无语地看着他，明明说要当陌生人的，现在却在问我这种问题。

"我以为我们不应该说话的。"我说道。

舒海宁沉默了一下，缓缓说道："不当朋友，就连话也不能说吗？"

心里一阵懊恼，我很想冲他发火，但是想到今天可能是最后一次见他了，到嘴边的话就只能咽了下去："说什么呢，我不知道我们有什么好说的，你是要去火车站吗？"

"是吗？原来我们之间无话可说啊！"他轻轻笑了一下，"也是，毕竟能够聊的东西几乎都不存在了。"

"嗯，能聊的那些已经不存在了。"已经被他否定了。

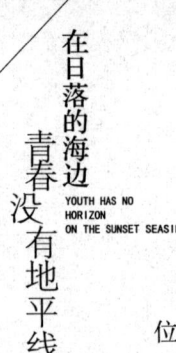

地铁停靠的时候,车上终于有人下去了,是两个连在一起的空位。我拖着箱子走过去坐下来,因为我要坐一个小时的地铁,站着到学校,可是累得够呛。

舒海宁在我身边坐下来,我小心地往边上挪了挪,借此和他保持一定的距离。

"我是洪水猛兽吗?"他见我往边上挪,有些不满地说道。

我懒得理他,把头靠到椅背上,然后闭上眼睛,打算一路睡到学校——这是能够停止和舒海宁聊天的最佳方法。

我喜欢这个人啊!

如果放任自己继续和他说话,我害怕又会让自己陷入心痛之中。

不可以喜欢他,所以不可以和他说话。

迷迷糊糊半睡之际,我反反复复地叮嘱自己。真希望我一觉醒来,这个人已经不在了,那就不用和他说再见,多好!

第六章 无法抵达的心之彼岸

YOUTH HAS NO HORIZON ON THE SUNSET SEASIDE

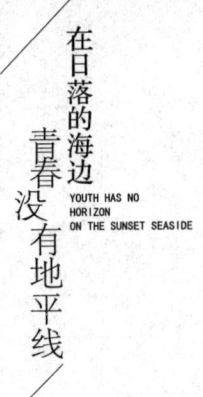

我终于明白我为何这样执念于你。

原来我要的不是和你成为好朋友的关系。

我只是想要留在你身边而已。

01

车辆仍在行驶中，感觉到我的头正靠在什么人的肩膀上，我迷迷糊糊地睁开眼睛看了一眼。当看到舒海宁近在咫尺的脸时，我有种还在做梦的错觉。

我靠在他的肩膀上，他的头就靠着我的头，他闭着眼睛仿佛也睡着了，卷翘的睫毛在眼下投下扇形的阴影。

我没有动，只是转动眼珠看了看四周，地铁里变得很空，现在应该行驶到了比较偏的地方了。我想坐直身子，却害怕稍微动一动就会吵醒他。

怎么会变成这样？

我想不明白，是我无意识间将头靠过去的吗？

他为什么没有叫醒我？为什么非但没有叫醒我，还和我一起睡着了？

我拽了拽他的手臂，他的睫毛颤了颤，像是蝴蝶的翅膀挥舞似的。他睁开了眼睛，我忙将脑袋从他的肩膀上挪开。

我说："你会不会坐过站了啊？这里好偏僻，不可能是火车站附近吧？"

舒海宁忽然笑了起来："如果坐过站了，要怎么办呢？"

"赶紧下车啊，万一你赶不上要坐的长途车怎么办？"

这个人难道一点儿都不着急吗？

舒海宁还在笑："可是你睡得很熟，怎么叫都叫不醒你啊！"

"呃……"我顿时有些尴尬。

"所以你说要怎么办呢？"他凑近我，一动不动地看着我，"是你的错，如果我没能赶上车，那么就是你的错。"

"喂！"我的心脏"扑通扑通"地狂跳，他的忽然靠近让我有些不知所措。

我伸手推开他的脸，掌心触碰到他柔软的唇，我触电般地收回自己的手，心跳得更快了，甚至掌心都开始出汗。

"别，别靠这么近。"我出声说道。

别捉弄我啊，别对陌生人这样轻浮啊！

因为这样我会心动的。

"各位乘客，列车即将到达终点站S大科技学院，请所有旅客朋友带好行李物品，全部下车，感谢乘坐本次列车。"这时地铁里传来了

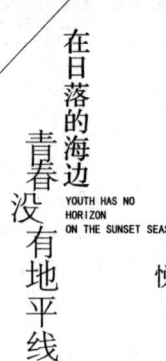

悦耳的女声。

"都到终点站了啊！"我看着舒海宁，"你还是快去买回程票吧，多少钱，我给你，因为你说是因为我的缘故才坐过站的。"

虽然我一点儿也不想承认他这种说法，总觉得太狡猾了。

我拖着行李箱走出地铁，舒海宁不紧不慢地跟着我，好几次我都想回头冲他喊一句"别跟着我"，但这条路似乎是唯一的出站口。没办法，我脚下的步子跨得更大了些，等到出站就好了，那时候就不用继续和他一起走了。

然而我太天真了，等到我拖着行李箱走到大学门口时，舒海宁仍然阴魂不散地跟在我身后。

"你来这里做什么啊？"好吧，我投降，我认输了，"我说你真的不要紧吗？你不快点儿去你的学校，跟着我做什么？"

"嗯？"他似笑非笑地睨了我一眼，"我是要去我的学校啊！"

他说完，拖着行李箱走到了我的前面，有一瞬间怀疑是不是我听错了，或者是不是我走错地方了。

他说了什么？

我梦游一般拖着箱子跟在他后面，新生报到，校园里花花绿绿的，都是大一来报到的新生，很多女生都盯着舒海宁在看，眼神里都是惊叹的神色。

不看才怪吧，不说他精致的五官，只说那一双碧蓝色的眼眸，就足够吸引很多目光。

"我说，怎么回事啊？"我快走几步追上他，"这里是我的学校啊，你的学校怎么可能在这里？"

"为什么不可能？"他饶有兴致地看着我，"谁规定只有你能来这里？"

"不是……"我混乱了，一时间不知道该说什么才好，因为舒海宁会来S大这种事，从头到尾我都没有想过，"你不是和花月眠去了一所学校吗？"

他停了下来，似乎有些困惑："我说过这种话吗？"

"什么？"这个人是怎么回事？"我记得填志愿的时候，你不是和花月眠说好了要去的学校吗？"

"哦，她的分数上不了S大，所以去了别的地方。"舒海宁淡淡地说道，"还有什么疑问？"

"分数够不上？"可是我记得花月眠的成绩也不差吧，我记得那次看到的排行榜上，花月眠只比舒海宁差了十几个名次。

而且所谓分数够不上，是第一志愿的分数够不上吗？可是不应该啊，那天花月眠明明知道唐瑞泽在S大，我肯定也会去那里，如果他们的第一志愿是S大，为什么花月眠什么也没有说？

这到底是怎么回事？我弄不明白，舒海宁却没有跟我解释的打算。

也对啊，陌生人之间是不需要解释什么的。

算了，同校就同校吧，也无所谓，反正学校这么大，想要偶然遇见也挺不容易的。这么想着，我也就不再纠结于他和我同校这件事了。

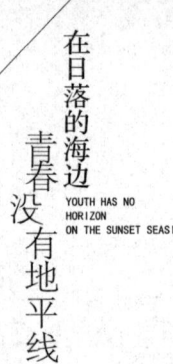

然而五分钟后,在金融系的报到处,我整个人都震惊了。

因为舒海宁几乎是和我同时将报到证递给了负责给新生发放学生证和寝室钥匙的老师手上。

呃?

我错愕地看着舒海宁。

不是吧,这个人给我的惊吓还没有结束吗?

"你……"我看着他,想说很多话,可是又不知道从什么地方说起。

"我怎么了?"不知道他是不是故意装糊涂,他看上去像是早就知道会发生这样的事。

早就知道吗?我愣住了。

我记得那一次,他带着校长去我家的时候,我和校长说了我会去S大。而填志愿的那天上午,在等车的地方,唐瑞泽在舒海宁的面前说过,让我不要弄错他是金融专业这样的话。

"你不会是……"不会是因为知道我在这里,所以也填了这里吧?

我多想这么问,然而这个问题我怎么也不能问出口。是巧合吧,这一切一定都只是巧合而已,怎么可能会发生这种事?

"算了,没什么。"我从辅导员手里接过一个信封,里面是学生证和钥匙,以及一张军训物品领用单。

不要多想,也不要再对这个人抱有期待,因为每次他给我惊喜之后,都是一些让我难过的事。

"我想过，很认真地想过，要和你保持怎样的距离。"舒海宁走到我身边，压低声音说道。

"不是已经决定好要当陌生人了吗？"我问道。

"嗯，但是我改变主意了。"他冲我笑了笑，"不管是陌生人还是朋友，我都不喜欢这样的关系。"

"喂，你这个人怎么说一套做一套？总是这样。"我怒道。

他仍然在笑，朝我摊开一只手："成为同学的关系吧，这是我认真考虑之后想出来的答案。"

不是陌生人，也不是朋友，而是同学。

02

最终我没有去握住他的手，我很没出息地拖着箱子跑掉了。

那个人到底要让我混乱到什么地步？明明我已经做好了永远和他都只是陌生人关系的准备，他怎么能在我好不容易让自己将喜欢他的心情深深埋藏起来的时候，又大言不惭地说什么成为同学关系？

谁要和他成为同学关系？

成为陌生人就好了啊！

在我朝他走近的时候，他把我推远；在我转身想走的时候，他又不顾我的想法，擅自决定朝我走来。

他到底要捉弄我到什么地步？

我拖着箱子找到了寝室，将箱子放在寝室，带着军训物品领用单去了宿舍管理员那边，领了一个很大的袋子，那里面装了床单和被

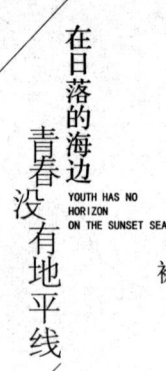

褥,还有军训用的衣服和鞋袜。

那个袋子很大,我直接拎着袋子上的绳子,将它拖进了寝室。

好在寝室是在一楼,并且离寝室大门不远。

我还是第一次住在学校的寝室里,一个房间里一共四个床位,下面是写字台,上面是床,衣柜和写字台是连在一起的。

我试着爬到了上铺,铺好了床铺之后,我发现我不敢下去了。

"那个……我要怎么下去?"我尝试了好久,还是不敢去踩扶梯,我问了一下寝室里在我来之前就已经到了的那个女生。

那是个皮肤有点儿黑的女生,但她很好看,看上去很有活力。她扎着高高的马尾辫,有些惊讶地看着我:"你下不来?"

"喀喀。"总感觉我好像问了一个非常愚蠢的问题,但是愚蠢也没有办法,因为的确是下不去,"我没有住过校,没有睡过这样的床。"

"哦,原来是这样。"她笑了起来,露出一排洁白的牙齿,她走到床下,仰起头看着我,"你转过身,对,就这样,然后用力扶住床上的护栏,脚踩下来。"

我感觉我的心快跳到嗓子眼儿了,我照着她说的,一只脚踩在扶梯上,然而另一只脚要往下踩的时候,上面一只脚忽然一滑。我惊叫了一声,从梯子上滑了下去。

"小心!"那个女生大叫一声,飞快地跑过来要拉住我,然而还是迟了一步,我结结实实摔在了地上,地面是洁白的地砖,这么一摔,顿时疼得我龇牙咧嘴。

"呃，你不要紧吧？"她担心地把我从地上拉了起来，"你的手臂都擦伤了。"

"不要紧。"骨头磕在地上，疼得厉害，我眼泪都快掉出来了，"一会儿就好了。"

"要不要去医务室？找校医看看有没有哪里摔伤。"她还是有些不放心。

"没事的。"我动了动手，动了动脚，很确定我没有伤筋动骨，只是皮肉有些疼而已，"谢谢你啊！"

"这样吧，下次你要下来的时候，喊我一声，我直接把你从上面抱下来好了，反正你看上去很小一只。"那个女生笑起来非常爽朗，"抱起来应该不费力。"

我看上去很小一只吗？

我顿时有些窘迫，我知道自己个子很矮，但是用"很小一只"来形容我……呃，我真的是很小一只吗？

"去吃午饭吧。对了，还没有自我介绍，我叫岳琳。"她很爽快地说道，"以后就是室友了，多多指教。"

"我是云雀。"我喜欢这个姑娘，因为她像我一样坦率直接。

"云雀……咦？这个名字有点儿耳熟。"岳琳想了想，忽然靠近我，"这个名字很特别，应该不容易出现同名的状况吧。"

"应该吧。"至少我还没有见过第二个人叫这个名字。

"那么你就是高考状元！"岳琳顿时激动起来，她握住我的手摇了摇，"哎呀，好高兴，我一直在想，能够考出那种变态分数的会是什么样的人。我原本以为会是戴着酒瓶底般厚的眼镜、扎着麻花辫的学霸，没想到是这么可爱的女孩。"

岳琳拉着我说了好多话，这算是我第一次和同龄的女孩子聊得这么开心。

总觉得好开心。

"走吧，去吃饭，今天我请客，我太高兴了。"岳琳说这话的时候，眼睛都像是在发光一样。她果然是个开朗的女孩，我喜欢这样的女生，心里干干净净，没有那么多花花肠子。

当然我喜欢这种直率的女生有一个很大的原因，是花月眠留给我的心理阴影，我很不擅长和那种女生打交道。

在食堂里吃过饭，回到寝室，就听到手机在疯狂地叫唤，我忙拿起手机，是唐瑞泽打来的电话。

"怎么样？大学好不好玩？"唐瑞泽的声音带着浅浅的笑意，听上去很舒服，能让人放松下来。

"还不赖吧，认识了一个很棒的女孩。就是这里的床我不习惯，刚刚下来的时候还摔了一跤。岳琳说，下次我要下来，直接喊她，她要抱我下来呢。"我开心地对着电话那头的唐瑞泽说道。

唐瑞泽静静地听我唠叨，直到我说完了，才笑着说道："看样子小云雀是真的很快乐。果然，小云雀，你还是很希望交到朋友的吧？"

我愣了一下，这句话怎么听着如此耳熟呢？

"能遇到让小云雀这么开心的人，真的太好了。"唐瑞泽说道，

"好了，不打扰你了，过几天我也会去学校，到时候去找你。"

"好的，到时候我一定要让你见见岳琳。"我说完就挂了电话。

岳琳刚刚出去了一趟，回来的时候，我恰好打完了电话。

"给你。"她丢给我一瓶水，"寝室的其他两个女生也不知道什么时候到，真好奇是什么样的人。"

"我希望是和你一样好玩的女生。"我由衷地期待着。

在寝室里有些无聊，于是我就和岳琳商量着去逛一逛校园。S大在全国也是排得上号的百年名校，学校的规模可见一斑，我和岳琳走走停停，逛了一个下午，还没能把整个校园都走遍。

傍晚时分，我和岳琳回到了寝室，这时候寝室里另外两个女生也到了。

那两个女生一个有些胖，戴着眼镜，看上去是很喜欢念书的乖乖女；一个是剪着齐耳短发的瘦高女生，她似乎不太爱说话，给人一种冷冰冰的感觉。

不过我并不太在意她们是什么样的，因为军训结束之后，我就会从这个寝室里搬出去，而且已经有一个聊得很开心的岳琳了，其他人怎样，我真的不太关心。

八岁那年我明白了一个道理，朋友的多少并不重要，哪怕只有一个朋友，只要待在一起很开心，那么就足够了。

可惜这个道理我明白得有点儿晚，所以才会被花月眠他们伤害。

明明已经有一个舒海宁了，我却还在渴望更多的人到身边来，是我太贪心了。

03

第二天吃过早饭之后，系里的辅导员就到寝室来了，是那天新生报到的时候见到的那个老师，三十多岁，看上去很好相处。

她通知了一下，让我们下午两点去金融系的大教室集合，系里要开个会。

"估计是关于军训的。"岳琳找我说话，"这个天军训，一定够呛，估计军训完了，都可以不用化妆，就能伪装非洲人了。"

"高中开学的时候是不是也要军训？"我是这么听说的，不过并不知道是不是真的是这样，毕竟我到高考前夕才回来。

"咦？你不知道吗？高中当然也要军训，不过那个军训和大学比起来，高中就像是玩的了。"岳琳笑着说道。

那个有点儿胖的女生名叫许佳期，她看上去像个只喜欢读书的学霸，不过短暂的接触之后，我发现她其实并不是只喜欢读书，偶尔也会在我和岳琳说话的时候加入我们。

那个瘦瘦高高的短发女生叫陆小娜，她倒是和我的第一印象很符合，不太爱说话，不过并不是冷冰冰的，她只是比较害羞。

有生以来，我第一次知道，原来女孩并非只有花月眠那种讨厌的类型，每个人都不一样，每个人都有可爱的性格，也有让人觉得无法靠近的一面。

一点半的时候，岳琳就招呼我和许佳期还有陆小娜一起出了寝室。

我有些不习惯，因为妈妈说了要让她随时能找到我，所以我将手机塞进了口袋里，总觉得口袋里装了个东西，浑身难受。

寝室楼离教学楼有点儿距离，步行过去大概要十五分钟，这个距离倒像是从我家到地铁站的距离。

岳琳很厉害，昨天下午我们在学校里走了一圈，她就完全记住了路，带着我们三个人，准确无误地找到了辅导员说的教室。

推开门走进去，那真是个超级大的教室，可以一次性容纳三百多人。此时里面已经坐了很多人，从教室前面看过去，阶梯状的教室里，黑压压一片都是人。

教室里乱哄哄的，所有人都忙着认识新朋友吧。

我跟在岳琳后面，踩着台阶往上走，我们以为我们来得算早的，然而并不是这样，大教室里已经看不到什么空位子了，尤其是连在一起的位子，几乎都没有了。

"我们各自找位子坐吧。"岳琳说着，就朝着最后一排的一个位子走了过去。

我正四处看着，寻找可以坐的地方，忽然有人抓住了我的手臂。我吓了一大跳，还没有反应过来，就被拽着坐在了一个空位上。

我惊得回头看了一眼："舒海宁？"

他一手支着下巴，稍稍偏头看着我，这瞬间我感觉很多人的目光都集中在我和他的身上。我挣脱了他的手，想要站起来重新找位子。

"手臂怎么回事？"他看着我的手臂问道。

"什么？"我一下子反应不过来，低头看了自己手臂一眼，是昨天摔下来的地方，今天有了瘀青。

"从床上下来的时候摔的。"我不以为然地说道。不过他这么一打岔，我倒是没有了站起来去寻找别的位子的想法。

"啊？"他愣了一下，"你不是吧？"

"不会爬那种梯子很奇怪吗？"我怒了，"我就是不擅长爬梯子，反正和你没关系。"

"你还真是有什么说什么。"他忍俊不禁的样子真的超级让人火大，我真的好想打他一顿。

"那你今天早上是怎么下床的？"他忍着笑问道。

"是寝室里的女生抱我下来的。"好吧，我承认，这的确是一件很羞耻的事。

他终于忍不住笑出声来："你啊……你真是……"

"笑吧，笑死你算了！"我趴在桌上，将脸偏向另一个方向，用后脑勺对着他。

"手臂还疼吗？"好一会儿我听到他这么问了一声。

"不要你管！"我可还生着气呢！

系辅导员走了进来，说了好几遍"安静"，大教室里才慢慢地安静下来。辅导员维持好了秩序，系主任就捧着茶杯进来了，然后就是一段听得让人昏昏欲睡的讲话。

他说了那么多，无非只有一句重点，那就是明天开始军训。

系主任讲完话，辅导员就让各个班级的学生都去各自的班级，会有每个班级的班主任过去，开一个简短的班会。

"走吧，云雀。"舒海宁说道。

"我才不要和你走，我要等岳琳。岳琳就是那个抱我下床的女生，她可好了。"我往后退了一步，站在那里等着岳琳。

"谁管你啊！"舒海宁却完全不给我等待的机会，直接扯住我的手腕，拽着我就往前走。

"喂！"我有些恼火，"你这人怎么这样？"

"对啊，我就是这样。"他笑着说道，"记住，这就是我现在的样子。"

我的心微微一颤，这就是你现在的样子吗？

你想要说明什么呢，舒海宁？

说明我记忆深处的那个你真的已经彻底消失不见了吗？

"怎么了？"他稍稍慢下脚步，看着忽然一句话也不说的我。

我摇摇头说："没什么，走吧。"

我想抽回自己的手，舒海宁却没有放手。我看着他的那只手，干净修长，骨节分明。

就这么被他一路拽进了教室，他将我推到靠窗的位子，然后在我右手边坐下。

"我们这样像不像是同桌？"他笑着问我，"比同学关系稍微要好些的同桌关系？"

"做这种事有什么意义？"我趴在桌子上，冷冷地回道。

我不明白舒海宁到底想做什么，在我决定当个陌生人的时候，却跑出来和我成为同学，到现在又自欺欺人地变成同桌。

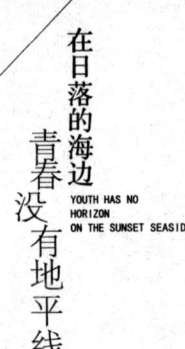

真烦啊,为什么要扰乱我已经平静下来的心?

"是啊,说不定没有什么意义。"不知道是不是我的错觉,总觉得他的声音里多了一丝落寞,"但是我后悔了,云雀。"

心里咯噔一下,我瞪大眼睛看着他,他的左手手臂搁在桌子上,挡住了左半边脸,从我的角度看过去,只有他自然卷的刘海儿从指缝里滑出来。

"不想成为陌生人,我不想和你变成那种关系。"他说着轻轻放下了左手,偏过头来看着我,碧蓝色的眼里藏着无奈和哀伤,"所以不管你是怎么想的,觉得我狡猾也好,过分也好,都没关系。还是说,云雀,你真的希望我们变成就算擦肩而过也不说话的陌生人吗?"

他看着我的眼睛,轻声问。

"说要做陌生人的明明是你。"我移开视线,不看他的眼睛。

为什么要用那种眼神看着我?

那样就好像你很在乎我,我对你而言很重要一样。

拜托,不要再让我对你抱有期待,明明我们之间隔着十年漫长的时光。在我不知道的那十年里,你到底是怎么度过每一天的?

你快乐吗?有没有想到过我呢?

这些我全部很想知道,都很在意。

但是这些我无法知道,因为那是整整十年。

因为我们中间还隔着一个花月眠。

04

要怎么做，才能够让心里的这股躁动平息下来？

我的心脏像是要爆炸一样。

"可以成为我的同桌吗？"他的嗓音压得很低，每次他用这种声音和我说话的时候，我总觉得心脏会跟着他的声音而颤动。

可以和他成为同桌吗？

不是朋友，不是陌生人，不是普通同学，而是同桌这种关系。

"可以。"我点了一下头，总觉得怎么样都无所谓。

我放弃了思考，放弃了去想那些让我头疼的事。

班主任来了之后，简短地开了个班会就解散了。

岳琳走过来喊我一起回寝室，我正要说"好"，舒海宁却说："我先带走云雀，晚点儿我会送她回去的。"

岳琳愣了一下，随即笑着说道："没问题！"

"喂！"我想要追上去，舒海宁却挡在面前不让我出去，我都想直接爬上课桌，从桌子上跳下去了，"你这个自以为是的家伙，谁要跟你走啊？"

舒海宁什么也没说，只是抓着我的手臂，半拖半拉地拽着我往前走。

我一手抓住门框，怎么也不肯松手："放手，我不要跟你走，我要回去了！"

舒海宁不为所动，非常有耐心地看着我挣扎，然而无论我怎么挣扎，始终无法挣脱他的手。

他那个架势，仿佛可以等我闹到地老天荒。

我一下子泄了气，松了手。

是我输了，反正也不是第一次输给他了。

"好吧，你要带我去哪里？"

"到了你就知道了。"他说着，拉着我往前走。

"手腕疼。"至少应该让他松手。

"抱歉。"他的手稍稍松了松，我想将手抽回来时，他却抓住了我的手，"万一你想逃跑怎么办？"

"不会逃啊。"我嘀咕了一声，"你这人，知不知道女生的手是不能随便牵的啊？"

"是这样吗？"他回头看了我一眼，"那不随便的话，可以牵的吧？"

这个人，到底知不知道自己在说什么啊！

很多话想要说，却不敢再继续和他说下去，害怕从他嘴里听到更多这样让人迷惑、让人不知该如何是好的话。

很多人朝我们投来惊奇的目光，在那些人的眼睛里，我和舒海宁之间像什么呢？

我不敢去想那个问题的答案。

舒海宁一直将我拉到了空无一人的大操场上，我正困惑不已，他带我来这里做什么？

"来练习吧。"他在一个由钢管焊接而成的架子前面停下来。

那个架子有两米多高，有梯子可以上去，也不知道这个架子是做什么用的。

"练习什么啊？"我被他弄得一头雾水，甚至怀疑自己是不是漏听了什么话，可是没有啊，刚刚他牵着我一路走来，并没有说过一句话。

"梯子。"他微微笑了笑，说道，"明天要军训了，军训的时候大家都很累，你好意思每天要人家抱你下床吗？"

"喀喀。"我尴尬地咳嗽起来，这种事能不能不要提了，真的太羞耻了。

他说完，松开了我的手，不知道是不是因为这一路都被他牵着，他忽然松手，我的心里竟然觉得很空。

所以说……不想让他牵我的手啊！

舒海宁踩着梯子爬了上去，他坐在架子上看着我，说道："爬上来。"

我站在架子下面，心里有两个声音在吵架，一个声音让我趁现在立刻转身回去，一个声音让我爬上去。

两个声音势均力敌，分不出高低。

"云雀。"他再次喊了我一声，我仰起头看他，他的眼睛里是温柔的笑意，碧蓝色的眼眸像是深邃的海洋，"你不敢上来吗？原来十年不见，你变成了胆小鬼。"

"你才是胆小鬼！"我是个情商低、不懂得看气氛的单细胞生物，但我有一个致命的缺点，那就是别人一激，很容易因为热血上头而做出原本不会去做的事。

我走到架子下面，双手抓住梯子两边的杆子，爬上去这种事我还是能做到的，我只是不知道怎么下去而已。舒海宁这家伙也太小看人了！

我一口气爬到上面，舒海宁坐在架子上，他拍了拍身边的位置："到这里来。"

真想把这家伙从上面推下去！

我心里憋着一股气，莫名其妙就觉得很生气。

我爬上去，没有在他身边坐下，问道："不是要练习吗？接下来是下去吧？"

舒海宁微笑着说道："终于有干劲了吗？"

"嗯，所以你快点儿下去吧。"我说道。

舒海宁点了点头，转过身，很熟练地从梯子上走了下去："怎么样，刚刚看清楚了吗？"

"大概知道怎么回事。"我转身面朝着梯子的方向，试着往下走了一个台阶，第一个台阶没有问题，关键就是第二级台阶。昨天就是从第二级摔下来的，不知道是不是因为摔倒过一次，所以身体本能地感觉到害怕。

我紧紧抓着梯子不敢动弹，急出了一脑门儿的汗，心里唯一的感觉就是后悔，我为什么没有走开，而是听了舒海宁的话，爬上了这个架子？

现在挂在架子上，动也不敢动。

"云雀。"舒海宁站在下面喊了我一声,"别害怕,我在下面,没事的。就算摔下来,我也一定会接住你。"

"可是我害怕啊!"我听见自己的声音在颤抖,"我动不了。"

舒海宁像是终于发现了我的不对劲,他走到梯子边,双手抓住梯子,慢慢地往上爬了几个阶梯。

他一只手握住了我的手,另一只手扣住了我的腰:"别害怕,我就在这里。"

"海宁。"我都快要哭出来了,擅长去解那些复杂题目的我,唯独对这种梯子没辙,我觉得自己真是太没用了。

"嗯,我在。"他就在我身边,他的心跳声、呼吸声,我都听得到。

悬在半空的心脏慢慢地归了位,僵硬的身体也开始听大脑的指挥了。他掌心的温度很暖,有种奇迹般的安抚人心的力量。

我就这么在他的帮助下,第一次走下了这个梯子,当双脚踩到平地上的时候,我的双腿一软,"扑通"一声跪在了地上。

"没事的,不要怕,你看这不是做到了吗?这个世界上,一定不存在你无法做到的事情。"他在我面前单膝蹲下,伸手轻轻摸了摸我的头发。

我怔怔地看着他的脸。

为什么会变成这样?

心里怎么也无法平息的悸动到底是怎么回事?

真糟糕啊,舒海宁。

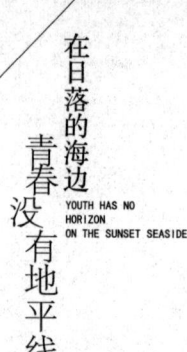

没办法，我果然还是喜欢你啊！

05

别这样温柔地看着我，不要用这样的眼神看着我，听不到吗？

我的心脏像是一只气球一样，被人吹得膨胀，已经快要爆炸了。

夕阳自身后照来，在他脸上留下我的影子，他的眉目被夕阳照得分外清晰，他的眼里反射着夕阳的光芒，看上去像是会发光一样。

就是那一晚，他陪我看烟花的那一晚，小彩灯落在他眼里时，形成的光与影的迷幻世界一样。

好像一切都不是真实的，好像他只是我幻想出来的一个幻影。

他在我看着他出神的时候，也怔怔地看着我。

仿佛是被什么蛊惑了一般，他伸出双手捧住我的脸，拇指按住我的唇。我看着他的脸离我越来越近，近到我能够看到他眼底隐忍着很多情绪。

他想做什么？

我忘记了呼吸，瞪大眼睛看着他近在咫尺的脸，我知道我应该推开他，可是我没能那么做。

因为就在下一瞬，他的唇落了下来。

他并没有吻我的唇，他吻的只是自己的指尖。就像那一晚，他拉下我的狐狸面具，与我额头抵着额头，我们之间永远隔着一些什么。

而隔着的东西，其实我和他都清晰地知道，除去十年漫长的时光，还有花月眠。

想到花月眠，我迅速回过神来，用力推开他。我跌坐在地上，他因为被我推了一下，也坐在了地上。我伸手捂住自己的嘴唇，而他用手背挡住了自己的眼睛。

脸一定红得很厉害。

也是啊，刚刚的动作那么亲密，他甚至隔着指尖吻了我啊！

舒海宁，在你的心里，到底是怎么想的呢？

为什么会想要吻我？是因为夕阳太美丽，所以情不自禁吗？

"喂。"这种折磨人的安静，我终于无法忍受，"说点儿什么啊！"

"嗯……"他放下了放在眼睛上的手，"只是恶作剧一下，和高考结束那天在走廊里和你拥抱是一样的，所以不必放在心上。"

"对你来说，这是可以随便拿来恶作剧的事情吗？"感觉好生气，委屈的感觉自心底浮上来，"不是喜欢的人就不可以做这种事！"

"你在生气吗？"舒海宁看着我问道。

我大声说道："我没有！我才没有生气！"

"你在生气。"他轻声说道。

"为什么总要反驳我？谁会为了这种事生气啊？我知道，恶作剧而已，在国外见面还有见面吻，这种事……我才不会为了这种事生气！"明明我是这么说的，可我的确是生气了。

这个吻与那天在烟花下他和花月眠的吻重合起来，我的心脏就像是被一块巨石压着一样，为什么要做这种事？为什么要一而再再而三地扰乱我的心?

他不知道吗?为了不继续喜欢他,我很辛苦。

忍耐着不去靠近,却被他轻而易举将心里的防线击溃。

"为什么要哭?"他靠近我,拇指从我的眼睛下面拂过,"不生气的话,为什么要哭?"

我拍掉他的手,双手捂住自己的脸,真是的,我从来不想在他面前哭的,我还真是个爱哭鬼。这一切都是舒海宁的错!

"不是恶作剧就可以吗?"他抓住了我的手,慢慢地将我的手从脸上拉开,缓缓凑近我,他的唇落在了我的眼睛上,"这样就可以吗?"

"你要捉弄我到什么时候啊?"我轻声问他,"我们只是同桌,没有谁会对同桌做出这样的事。"

"那么,云雀,你喜欢我吗?"他在我毫无防备的时候,直截了当地问了我这个问题。

"谁会喜欢你啊?"我从地上站了起来,往后退了好几步。

"嗯,这样就好。有时候,我会有你喜欢上了我这样的错觉。"他低下头,说出了这句话,慢慢地站了起来。

在听到他这么说的瞬间,我的心脏仿佛被人狠狠地戳了一下,疼得我要弯下腰来。

"我怎么可能喜欢你?"

不可以喜欢,因为他已经有花月眠了,我不可以做那种事的。

"再说你都有女朋友了啊,有女朋友了,就不要随便对别的女生做这种事。你的女朋友会在意，会不安的！"我一口气说了出来，"不要随便对别的女生太好，很麻烦啊！"

喜欢上你，一切都变得好麻烦。

他愣了一下："女朋友？"

"花月眠啊，你装什么傻！"我很生气，想要找个地方发泄一下怒气，"因为她，你连朋友都不想和我做了，不是吗？"

他的眉头微微皱了起来，问道："为什么你会觉得她是我的女朋友？"

"因为我看到了啊！"烟火大会，最大的烟花爆裂的瞬间，烟火的光照亮了天与地，他与她接吻的画面是那么刺眼。

他的脸色猛地变白："你……"

"对，我看到了，我都看到了！"我近乎怒吼地说道，"你和她接吻了！如果这样我还什么都不知道，那么我不是情商低，而是弱智吧！"

"我不想解释什么。"他低声说道，"但有一点我想要解释清楚，我并没有和花月眠交往，我们并不是男女朋友那种关系。"

"什么？"我怔怔地看着他，脑袋越来越乱了，"不是那种关系？但你的确是因为她才拒绝和我成为朋友吧？"

他不说话，不说话就是默认了。

"不是那种关系，你怎么会允许她留在你身边，跟你做出那些只有情人之间才会做的亲昵动作？"我继续问，他仍然不说话。

"不是那种关系，你怎么会陪她看烟花，怎么会和她接吻？"我

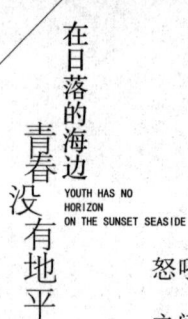

怒吼道，"开什么玩笑啊！舒海宁，我受够了，我已经不想知道你们之间到底是怎么回事了。"

我抬腿往前走去，经过他的时候，他伸手拦住了我说："你说的这些我都不能否认，但是我真的没有和她交往。我只是不能放着她不管，如果连我也不管她，那么她是没有办法好好生活的。"

"你是来秀恩爱的吗？你继续照顾你的花月眠，我继续当我的路人甲。"我看着他的眼睛说道，"已经怎么样都无所谓了，以后我们还是继续当陌生人比较好。无论是同桌还是同学，都不适合。"

"好好对花月眠吧！虽然我很讨厌她那样的人，但是你喜欢她，就请全心全意地喜欢，不要三心二意。"我说，"你们或许真的没有交往，但总有一天会变成那样的关系吧！不要再把无关紧要的人牵扯进去了，好吗？"

"你告诉我，你不能放下花月眠不管，花月眠告诉我你们在交往，她请我离你远一点儿。她说她很喜欢你，无论怎么样都不能失去你。所以，怎么看都是那么回事吧！"

我甩开他的手，用更快的速度往前走去。

夕阳从后面照来，长长的影子落在身前。

真奇怪，这些话都说出去之后，心里反而轻松了很多。

我果然不适合在心里藏事情，不管怎么样，舒海宁，我们成为陌生人比较好。

第七章

说故事的人与听故事的人

YOUTH HAS NO HORIZON ON THE SUNSET SEASIDE

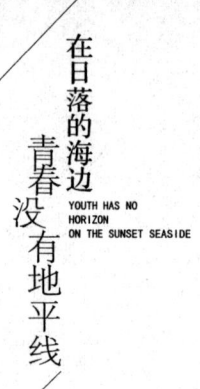

像一部漫长且悲伤的电影,我们在自己的路上跌跌撞撞。

你错过我的寂寞,我错过你的繁华。

我错过你,这就是久别重逢的意义。

01

军训结束的那天,天空下起了大雨,像是谁站在天上,用水桶往下倒水一样。我收拾好了行李箱,将其他东西收进小背包里,打算回家。

"外面的雨好大,云雀,你今天就不要回去吧。"岳琳说道,"不然该淋湿了。"

"不要紧的,我带了伞,反正回去也要洗澡。"我说着,拖着箱子往外走,将钥匙还给了宿舍管理员,撑开雨伞走了出去。

雨真的很大,就算有雨伞,衣服还是很快打湿了。

今天唐瑞泽还有课,所以我决定不等他,自己先回去。

行李箱是防雨的,所以手机和电脑这些东西都放在行李箱里面,身上湿了也没有关系。只是现在已经是初秋，这种阴雨天还是有点儿冷的。

我拖着箱子一路朝学校的大门走，校园里空无一人。也是啊，这种大雨天，谁也不会傻到在这种时候出来。

我是那个唯一的傻子。

其实冒着这么大的雨离开还有一个原因，那就是我不想遇到舒海宁，我不知道要怎么和他独处。那天之后，我与他再也没有说过一句话，就算遇到了，我也会先转身走开。其实有几次，我感觉到他似乎想要和我说些什么，我却一点儿也不想听他说。

舒海宁和我一样，只是军训的时候住校。军训结束之后，会每天回家。

这么大的雨，他应该不会走吧！这样就好，我可以安静地一个人享受回家的旅程，说是享受，其实也不过是一路睡回去而已。

然而当我走到校门口，看到那个熟悉的身影也恰好到了那里时，我整个人都不太好了。

有那么一瞬间，我很想掉头回去，然而心里有什么东西在阻止我这么做。我硬着头皮拖着箱子走过去，决定将他当成透明人。

可是舒海宁显然不是那种心甘情愿当个透明人的家伙，他在我经过他的时候，开口喊了我一声："云雀。"

我假装没有听到，加快脚步往前走，这种时候我多么痛恨自己没有一双大长腿，因为腿短，无论走多快，都能轻而易举地被舒海宁追上。

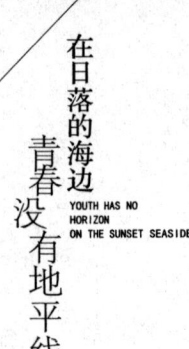

"云雀。"他又喊了我一声。

我仍然假装没有听到,只是心里涌上一股怒气。不知道为什么,最近看到舒海宁,我的心里就会开始酝酿怒意。

"为什么不理我?"他的声音还在继续。

我终于忍不住回头狠狠地瞪了他一眼,怒道:"你就好好当个陌生人吧!"

"陌生人就不会说话吗?"他见我终于说话了,好看的眉眼弯了弯,"也有那种走在路上会打声招呼的陌生人吧。"

"那种才不是陌生人!"我愤愤然回过头,继续往前走,无论他说什么,我都不再理会了。

"胡说,明明也有那种会打招呼的陌生人。云雀,你在国外待久了,太不了解国内的行情。"他完全不在意自己被当成透明人,而是在我面前找存在感。

我把他的声音当成背景音乐,一路听到了地铁站,然后买了票,拖着箱子走到了候车口。

到处都是湿漉漉的,雨天还真是让人讨厌。

忽然想起唐瑞泽和我说过,他小时候被关在只有一扇窗户的房间里,每到下雨天,就能看到灰蒙蒙的天空。那时候的唐瑞泽是种什么样的心情呢?对于那种阴雨天,是喜欢,还是讨厌?

不过也是因为他,我才明白了一点。

那就是无论多么强大的人,内心总有一块地方是软弱的,是别人想要触碰就用坚硬的壳隐藏起来的。

唐瑞泽有，我有，那么舒海宁呢，他有这种软弱的地方吗？

我忽然想起来，夏日烟火大会那天，田苏对我说，三年前舒海宁发生过一件事，不过当时没来得及和我说，田苏有事离开了。那之后我就把这件事忘了。

舒海宁那天对我说，他和花月眠没有交往，虽然当时我怒气冲冲的，但其实他说的那些话，我都听进去了。

他说他只是不能放着她不管，如果连他也不管她，那么她是没有办法好好生活的。

我怔住了，他为什么要说这种话？

我当时因为生气，对于他的话，我完全没有深想。是不是他和花月眠之间发生了什么事情？

和那天田苏要说却没能说的事情有什么关联吗？

想不明白，头脑有些发胀，我果然还是不适合想这种事情。人类不是机器人，做法和想法都没有固定的数据，按照我这种情商，是想不出答案的。

地铁进了站，车门开启，我走了进去。因为是起始站，所以车厢里没有人，我走进去坐下来，掏出一张纸巾擦了擦脸，衣服已经是半湿状态。

舒海宁在我对面的位子上坐下，我偏过头，这样就不用看到他的脸了。

"我有这么让你讨厌吗？"他低低问了一声，"以至于看我一眼都嫌多余。"

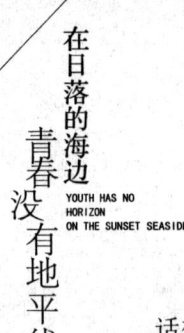

"被你这么追着问,还真是……"我心中烦躁极了,明明有很多话想要说,可那些话都是不能说出口的。曾经无论是高兴还是生气,都能够坦率地说出来的那个我,到底去了哪里?

真讨厌现在的我啊,那些话藏在心里,让我根本无法平静下来。

"舒海宁,你能回答我一个问题吗?"我看着他的眼睛,"你能告诉我,在你的眼里,我到底是怎样的存在?或者说,对于你来说,我算什么?我不想再这样了,我以前和你说过吧,我总觉得你和我之间的距离很奇怪,最接近的时候只有一毫米的距离,可是那没有任何意义,因为你只要否定一下,我们就是擦肩而过都不会回头看对方一眼的陌生人。为什么你能够做到这种事,明明说好的却不遵守约定?"

我说了要做陌生人,可他今天完全没有这样的觉悟。

"我不记得我答应过这种约定。"他认真地说道,"请不要单方面做出这样的限制。"

我深吸一口气,告诉自己要淡定,要是我先发火,我就输了。

"云雀,我们成为朋友吧。"他坐在我的对面,自说自话地又说出了这种话。

02

为什么我们如此不契合呢?

在我和他之间隔着十几米距离的时候,我想和他成为朋友,他却只想让我们成为陌生人。

在我和他之间只剩下一毫米距离的时候，我想和他成为陌生人，他却想和我成为朋友。

忽然想起唐瑞泽问过我一个问题，他说："无论是你还是舒海宁，你们把朋友这种关系当成了什么啊？"

从那个时候起，我大概觉察到自己的心意了，所以不再执着于和他成为朋友。因为我要的不是朋友，我要的是和他在一起。

那么现在，舒海宁，你又是怀着怎样的心情，说出成为朋友这种话的？

"好啊。"忽然觉得有些累，不想再继续这样下去了，一开始是我先去招惹他的，我想和他成为朋友，那么现在，舒海宁，让我们成为朋友吧！

听到我肯定的答案，舒海宁却有些意外。

"怎么了？"我问道。

他抿唇笑了笑："我以为你肯定不会同意的，这么干脆果断地说'好'，有些意外。"

"我就是这么直接的人。"这样就好，回到从前那样，生气或者高兴，都用最直接的方式说出来。很多话藏在心里，会让我越来越烦躁，也让我变得越来越不像自己。

我向来喜欢直接的人，因为我就是这么直接的人。

"总之，我们不是陌生人了，是朋友。"我总结了一下。

"作为朋友，我们来交换一下电话号码吧。"他说着，将手机翻出来，静静地等我报上号码。

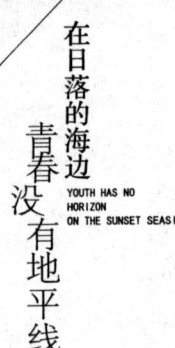

我伸出手,说道:"手机给我,我来拨一下。"

他将手机递到我手上,我拿过来,按下拨号键,将拨号键盘调了出来,我用他的手机拨了一下自己的号码,听到箱子里手机响起来之后,我就挂掉了电话,按了一下返回键。

返回之后,手机界面上是通话记录,一整排的都来自于一个人——花月眠。

那瞬间我也不知道自己是怎么想的,我将最上面一个号码,也就是我的手机号码删除了,我将手机还给了他。

"还是算了。"我说,"反正一个班级,随时都可以联系吧。"

这时候正好地铁到站了,我带着行礼箱出了地铁,舒海宁跟在我后面走了出来。

他加快脚步走到我前面,伸出手臂挡在了我面前。

"为什么要删掉?"他问道。

"我不是说了吗?没有必要,反正住得很近,而且都在一个班级上课。"我坦荡地看着他的眼睛,"就这样吧,不然我没有办法把你当朋友。"

我将他放在我面前的手压下去,我心里所想的,我已经直接传达给他了。

以后也会这样,不再把那些话都藏在心里,我不喜欢自虐,很不喜欢。

舒海宁没有再坚持,应该是明白了我的话。走出地铁站,我撑起雨伞,走入哗啦啦的大雨里。

"那明天见。"在分岔路口，我对舒海宁说了一声。

"嗯，明天见。"他冲我点了点。

我转身往前走，很想回头看一看他是不是还站在那里，最后却没有这么做。

既然我已经决定了只是朋友的关系，那么就不再做多余的事情了。

这样对我、对舒海宁都好吧！

回到家之后，我泡了个热水澡，这才感觉自己彻底活过来了。

天快黑的时候，唐瑞泽才回家，和我一样，他身上的衣服也湿了。等到唐瑞泽洗了澡出来，奶奶就张罗着吃晚饭了。

"明天要开始正式上课了，你没问题吧？"唐瑞泽吃饭的时候问我，"我不担心你听不听得懂课，我担心你要一直找教室。"

"喂，我在你心里到底是有多不靠谱啊？"我一脸黑线，虽说我平时有点儿不记得路，不过已经待了半个月，要是还不认识路，那么我是有多白痴啊。

"这可不一定，毕竟每节课的教室都不固定，你认识你们班级教室没用，上课不一定是在自己的班级。"唐瑞泽笑着说道，"现在还有自信吗？"

"呃……"好吧，我承认我没有自信了。

虽然开学已经半个月了，但是一般班级集合的地方都是在班级教室，去班级教室我倒是很熟，但是其他教室就有点儿难度了。

"反正到时候看门牌。"我挥了挥手，"这点儿小事难不倒我

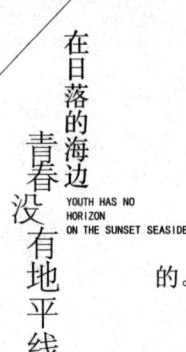

的。"

唐瑞泽见我自信满满的样子，也不再说打击我自信的话了。

吃完了晚饭，我进了书房看书，唐瑞泽端着一杯茶走了进来。

"明天早上我喊你起床。"他在一堆书上坐下，"今天怎么没有等我一起回来？我还想帮你拿行李的。"

"因为你还有好多节课，所以就先回来了，反正行李也不重。"我不以为然地说道，"不过最主要的是，我原本打算躲开舒海宁的。"

唐瑞泽知道舒海宁和我同班之后，着实吃了一惊，因为按照舒海宁的分数，去更好的学校也是完全可以的。

"为什么要躲他？"唐瑞泽有些困惑地看着我，"你不是很想和他成为朋友的吗？"

"因为我改变主意了啊，总觉得不能继续和他那样相处。"我合上书，叹了一口气，"我喜欢他，所以不能和他做朋友。"

唐瑞泽的手微微一顿，我这才想起来，我还没有告诉唐瑞泽这件事。

"明明之前他说了身边没有我的位置这种话，可是当我确定要和他成为陌生人的关系时，他又变卦了。我好不容易让自己不去想他的事情，这样下去的话，我会没有办法抑制的。"所以才会想要保持陌生人的关系，只有这样，我才不会受伤。

"为了防止那样的事情发生，我和舒海宁成了朋友，对于我和他来说，这样保持距离的朋友是最安全的。"我觉得自己做了一件非常正确的事情。

唐瑞泽却皱了皱眉，说道："云雀，我说你情商低，你还真是会给我惊喜。"

"怎么了？我做得不对吗？"

我觉得我长这么大，第一次做出正确的决定，难道这次的决定也是错误的吗？

"喜欢一个人是藏不住的。"唐瑞泽缓缓道，"这样下去，你会变得更加不开心。在变成那样之前，停止这种关系吧，朋友游戏不好玩的。"

"你在说什么啊？"我觉得唐瑞泽有点杞人忧天了，"我明白的，我明白自己不可以喜欢他，因为有花月眠在嘛！我清楚地知道这一点，我不会让自己乱来的。"

"就是因为你知道这一点，你才会更加痛苦。"唐瑞泽的表情忽然变得很认真，"云雀，停止自欺欺人吧！"

03

我握着书的手在轻轻颤抖着，我拼命想要阻止这种颤抖，却发现颤抖得更厉害了。

"不会的，瑞泽。"我在逞强，我知道，可是如果我不这么做，舒海宁再那样靠近我，我不确定能否守住自己的心。

如果他想要的是和我成为朋友，那么我就答应他，这样他就不会再逼我了吧！

"云雀,去告白吧!"唐瑞泽语不惊人死不休地说出了这么一句话。

我手上的书没拿稳,"吧嗒"一声掉在了地上。

"开什么玩笑?我不能做那种事啊!"我飞快地答道,"不要吓我啊。"

"我没有开玩笑,我是很认真地说。"唐瑞泽脸上的表情也完全是很认真的,"为什么不能做那种事?舒海宁有正在交往的对象吗?"

我愣了一下,舒海宁和花月眠算是在交往吗?可是舒海宁亲口对我说了,他们之间并不是那种关系。

"应该……没有吧,他说他没有女朋友。"我有些迟疑,"可是他说他不能不管花月眠。"

一直以来,我耿耿于怀的不就是花月眠的存在吗?

"那不重要。"唐瑞泽说道。

"那很重要的,好不好!"

为什么唐瑞泽可以这么轻而易举地说出不重要?那对我来说很重要,只要舒海宁有在意的人,我就不可以告诉他我的心意。

"笨蛋。"唐瑞泽忍不住骂了我一句,"你是榆木脑袋吗?还是你是机器人?谁没有一两个在意的人?就拿你来说,难道你不在意我吗?"

"我当然在意啊,可你是家人,那不一样。"唐瑞泽怎么能和花月眠比较?这两个人存在的意义完全不一样。

"有什么不一样？我们并没有血缘关系。"唐瑞泽耸耸肩，喝了一口茶，"你现在明白了吗？在意的人有很多种，你在意我，但是这和你喜欢舒海宁是没有冲突的。而舒海宁有没有女朋友，这和他有没有在意的人，也没有什么冲突。"

我总觉得唐瑞泽的话哪里不对，可是我又说不出所以然来，被他这么一绕，我的脑袋就快要死机了。

"而且，没有告诉他你的心情，没有得到明确的答复，你的心里一定还会存在某种期待，时间越久，越陷越深，到时候伤害会很大。"唐瑞泽苦口婆心地说道，"所以这种情况下，去和对方做个了结比较好。"

"你说得容易。"我闷闷地说道，"虽然我差点儿被你绕进去，但是我真的很介意舒海宁和花月眠的事情，他们之间有着我没有参与过的十年。他们之间是什么样的，我完全不了解。"

唐瑞泽实在忍不住，用手敲了敲我的脑袋："那就去了解啊，什么都不做，是没有办法前进的。不管发生什么事，只要你需要，我都会在你身边。"

"哥哥，你真好。"我忍不住抱住他，将脸埋在他的肚子上，像抱着奶奶那样抱着他，"果然有哥哥好幸福。"

"你啊！"唐瑞泽有些无奈，"不要逃避刚刚的问题，如果你很介意舒海宁和花月眠的事，就不要因为害怕面对而逃跑，青鹿就这么大，总有办法知道他们之间的事的。"

"嗯，我会的。"我点点头说道，"你简直就是我的灵魂导

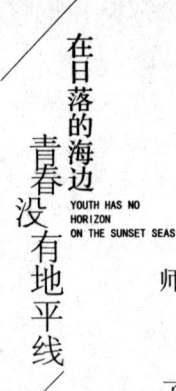

师！"

"我应该对你的夸奖感到高兴吗？"唐瑞泽低笑着说道，"好了，早点儿休息吧，明天还要去上学。"

"好，我这就去！"每次和唐瑞泽聊完之后，我都有一种豁然开朗的感觉，不愧是情商与智商双高的美少年啊！

关上门，我爬上了床，看着被我丢在床上的手机。我拿起来看了一下，有一通未接电话，我思考了一下才想起来，这是在地铁上的时候，我用舒海宁的手机打的。

点开未接来电，是一串数字，这串数字的那一端是舒海宁。

想到"舒海宁"这个名字，我的胸口就习惯性地隐隐作痛。我想唐瑞泽说的是对的，一直隐忍着什么也不说，假装是朋友，只会越陷越深，期望越大，失望越大。

那时候我看到他和花月眠那么多的通话记录，心里其实很难过吧，即使假装无所谓的样子，却还是没能装到底。因为不想和花月眠的名字挨在一起，因为不能删掉花月眠的存在，所以我只能将我的存在从舒海宁的手机里删除，不是吗？

或许不只是手机里，也在他的生命里彻底删除。

我轻轻按住自己的胸口，那里又开始隐隐作痛了。我趴在被子上，心情又开始变得奇怪了。

不知不觉就这么睡着了，第二天是被唐瑞泽叫醒的。我是第一次和唐瑞泽一起去同一所学校上课。

对比着课程表，将今天要用的书装进背包里，关上了房间的门，我走下楼。

唐瑞泽早就准备好了，正坐在客厅的沙发上等着我。见我下来，这才将双肩包拿起来，用一侧的肩膀背着。

"走吧。"唐瑞泽说道。

昨天才下过雨，今天一早就出了太阳，这天气还真是孩子的脸，摸不着脾气。

因为一场暴雨的洗涤，整个世界的色彩都越发鲜艳了，就连空气也变得更加清新了。走到地铁站的时候，我意外地看到了舒海宁的身影。

估计也是刚刚才到这里吧，我想。

"早啊，海宁。"走到他身边的时候，我大大方方地打了一个招呼。

"早。"他冲我微微笑了笑。

唐瑞泽走到舒海宁面前，说道："真是想不到这么巧，你和云雀成了同班同学。"

"嗯，我也觉得很巧。"舒海宁说道，"学长是金融系的前辈吧？"

"对啊，因为我念的金融系，所以云雀才会念这个专业。"唐瑞泽露出了一个笑容，"真想不到，你也会念金融系。"

"是啊，我一直对货币流通很感兴趣的。"舒海宁的表情看上去十分从容淡定，也不知道他说的是真还是假，舒海宁原来喜欢金融吗？

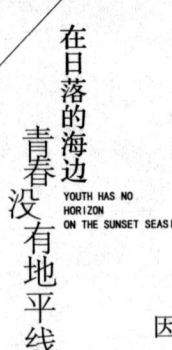

地铁来了,我们三个一起上了车,今天地铁里的人还是很多的,因为通车也有些天了,很多人知道了这条线通了地铁,而且现在这个时间是上班早高峰。

地铁里人一多,我顿时不知道往哪里站了,因为我个子矮,地铁上的拉环我够不到,而靠门那边竖着的手抓杆边又聚集了很多人。

我站在车里找不到站的地方,车开动的时候,我差点儿摔倒。

这时,我的两只手臂同时被人抓住,我跟跟跄跄的身形一下子稳住了,舒海宁和唐瑞泽同时扶住了我。

"谢谢,我可以站稳了。"我同时挣脱了两个人的手。

"来抓住我。"唐瑞泽拉了我一把,将我拉到了他的身边。

我揪住了唐瑞泽的手臂,将他当成地铁里的手抓杆。

地铁到达下一站的时候,又有很多人上了车,车厢里变得更加拥挤了,而这时候我和唐瑞泽被挤散了。我踮起脚尖,试图在黑压压的人群中寻找唐瑞泽。

"到这里来。"舒海宁的声音传入我的耳中,接着我就被他拽到身边。他站在手抓杆旁边,那里有一处防护栏,他直接把我推到防护栏前,他一手抓着拉环,一手支在我的脑袋边上。我被他圈在一小块空间里,原本觉得拥堵的车厢,一下子变得不再拥堵。

"谢谢。"不知道为什么,我的心开始越跳越快。

他离我很近,近到我能闻到他身上淡淡的皂香以及洗发水的味道,我的手心里沁出了一层汗,我竟然开始紧张了。

这种紧张一直持续了很久,直到车厢里的人变少,他放开搁在我脑袋边上的手时，我才长长地呼出一口气。刚刚那么长时间，我大气都不敢出一口。

"来这里坐，云雀。"这时候，唐瑞泽喊了我一声，我忙跑了过去，在他身边的空位子上坐下来。

04

到了学校之后，和唐瑞泽在一栋教学楼前分开，唐瑞泽上课的教室和我不一样。我拉开背包的拉链，从里面掏出一张课程表，还没有来得及看教室在哪里，舒海宁就拽着我的背包肩带，将我扯走了。

"喂，我还没看好教室！"我挣扎着抗议道。

舒海宁淡淡地说道："跟着我走就对了，反正我们在一个班级上课。"

"对哦！"我竟然忘记了。

跟着舒海宁一路小跑地进了教室，这时候，教室里来了一些人，我在人群中寻找岳琳，想找到她和她一起坐。

"你坐这里。"然而没等我找到岳琳，舒海宁就直接把我推到了一个靠窗的位子上。

"我为什么要和你同桌？"我超级不爽，这个人是这种霸道性格吗？自作主张，太任性了。

舒海宁瞥了我一眼："因为我们是朋友啊，朋友坐在一起有什么不对的？"

我张了张嘴，想要反驳他，可是他说的这个理由，我竟然无言以

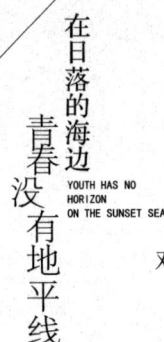

对,没法反驳。

"好吧,反正坐在哪里都一样。"我在书包里翻找着今天要用的书,翻了半天,忽然发现了一件事,那就是我好像拿错书了,今天是周三,我拿了周一的课本。因为今天第一天上课,第一天不等于星期一,这种事我完全忘记了。

"怎么了?"舒海宁问了我一声,语气里有一丝关切。

"我好像……拿错书了。"我把背包放在一边,"我拿成周一的书了。"

"一起看吧。"他把书朝我这边推了推,"反正你没有课本也没有什么影响。"

于是,今天一整天的课程,我都分了舒海宁的半本书。

这种感觉真奇妙,依稀记得还是小学的时候,有一次我忘记带课本了,那时候舒海宁也是我的同桌,我们就这样分享一本书上完了那节课。

仿佛时光在这瞬间倒退回到了十年前,那时候窗外是碧海蓝天,教室内是书声琅琅,而我喜欢的那个少年还只是如薄荷般清凉的少年郎。

唐瑞泽说得没错,我应该把自己喜欢他这件事告诉他,无论他是回应我也好,拒绝我也好,至少可以做个了断。

其实我觉得他一定会拒绝我的,我不知道为什么会有这样的直觉,但我就是这么觉得的。被拒绝,然后彻底放下这份喜欢,放下之后,才能够真正地当朋友吧!

现在这样，只有我一个人在忍耐着，太不公平了。

下午只有两节课，唐瑞泽那边课还没有完，于是我和舒海宁就先回去了。

回去的时候，因为不是上下班高峰，所以地铁里并不拥挤。在我们上的那节车厢里还有一个空位，我走过去坐下来，舒海宁就站在我前面。

不知道是不是因为下定了决心的缘故，现在看到舒海宁，我不会有那种隐忍着某种情绪的感觉了，呼吸都变得顺畅起来。

下了地铁，在老地方和舒海宁说再见，我没有直接回家，而是去了一个地方。

虽然说下定了决心，但我还是必须知道舒海宁和花月眠到底是怎么回事。因为海边与我差不多大的孩子我都不熟悉，而且那些人曾经是花月眠的"共犯"，我都很不喜欢。所以我唯一能知道有关舒海宁的事情的地方就是那里了。

我好不容易找到了田苏的店，恰好田苏在店里，因为已经开了学，所以最近风景区的生意有些清淡。

"云雀来了。"田苏见我来，很热情地招呼我进去，"上次都没能好好招呼你，今天一定不会中途离开了。"

"没有，上次的冰激凌很好吃。"我笑着说道，"其实我今天来是想知道一些事。"

"什么事？我知道的一定都告诉你。"田苏倒了一杯茶放在我面前，在我的对面坐下，拿出一根烟，"我可以吸烟吗？"

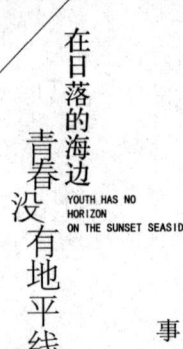

"可以,请便。"我说道,"那天你说舒海宁三年前发生了一件事,可以告诉我是什么样的事情吗?"

"哦,是这件事啊!"田苏笑了笑,"其实也不是什么大事,我想想,那应该是四年前发生的,对,没错,就是四年前。那时候小区最后一块地方的改造已经接近尾声了,那天他不知道去那里做什么,从没有搭稳的脚手架上摔了下去。"

"没受伤吧?"我忙问。

"没有,不过那件事倒是让负责那个工程的人被罚款了,这件事我们这里的人都知道,不过大概是男孩子贪玩吧,也没什么。"田苏说道。

只是这样吗?我不由得有些失落。

"那花月眠,花月眠有没有怎么样?"我追问了一句。

听到"花月眠"这个名字,田苏皱了皱眉头,他想了一会儿,说道:"你不说我还差点儿忘了,舒海宁从脚手架上摔下去的那天,好像花月眠也在那里。舒海宁没有受伤,但是花月眠好像被掉下去的脚手架砸了一下,不过没有出什么事。"

我心里咯噔一下,果然花月眠和舒海宁之间发生过某些事情,所以舒海宁才会在没有和花月眠交往的情况下,容忍花月眠对他做出各种亲密的举动。

"那你知道,舒海宁和花月眠出事的地方是哪里吗?"我必须知道他们之间发生了什么,我不在的十年里,究竟是什么让一切变成现在这个样子。

"那个地方你应该有印象，是青鹿的瞭望台，那里后来被拆掉了，现在建了一栋三层小别墅。"田苏说道，"对了，你怎么对舒海宁的事情这么好奇？"

"你知道的，他是我在海边发现的，后来我还和他成了好朋友。我不在的时间里，当然想知道好朋友都经历了什么。"我发现我变坏了，虽然意思是一样的，但是我换了个说法。

"对，他是你捡到的。也是，好朋友的变化的确会让人在意。而且我记得，那孩子一开始还挺不合群的。他除了念书之外，好像都不和人交流的。大概是从初中开始，他就开始每年都考第一名。和海边的孩子们玩在一起，好像也就是三四年的事。"田苏感叹道，"谁能想到，海浪卷来的孩子会在这里落地生根？"

"嗯。"我点了点头，"谢谢你啊，说了这么多事情给我听。"

"说谢谢就见外了，小时候我可没少被你奶奶照顾。"田苏的家人常常不在家，他经常来我家蹭饭，一直都拿我当妹妹一样看待的。

"打扰你很久了，我要回去啦。"我站起来往外走，田苏要留我吃饭，我告诉他奶奶还在家等我，他也就不强留，让我回去了。

我心中久久不能平静。

照田苏这么说，舒海宁一直到四年前都还是一个人，和花月眠成为特殊关系也是四年前才开始的。算起来，那时候舒海宁应该是念初三。

舒海宁去那个地方做什么？

花月眠为什么又恰好在那里？

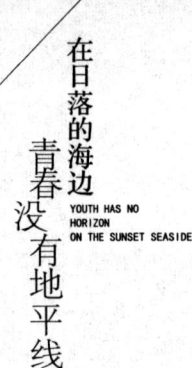

他们是约好去那里的吗?

我回家将书包放在了家里,决定去那个地方看一看。

05

大片大片的火烧云像是团团的火焰,从西天一直烧红了整个天空。

碧绿色的树叶间,那栋白墙红瓦的小楼显得特别清新。我踩上草坪朝那边走去,一阵风迎面扑来,卷起青草的气息和几片枯黄的落叶。

青鹿的秋天来了。

曾经的瞭望塔变成了三层小楼,时光在这里忽然断层了。依稀记得小时候我曾经来过这里,我爬上高高的瞭望台,仰头看着满天繁星,那时候我以为我待在离天空最近的地方。

舒海宁,四年前你为什么要来这里?

为什么会登上搭得不牢的脚手架呢?

我想不出答案,因为那时候我已经不在这里了。

回家之后,我趴在床上闷闷不乐,我以为田苏那里有我想知道的一切,然而并不是这样。知道了那些之后,不明白的地方反而变得更多了。

我应该直接去问舒海宁吗?

正在我纠结这个问题的时候,有个我十分不想见的人出现在了我的面前。没错，那个人就是花月眠。

算起来，这个时候学校应该没有放假，花月眠为什么回来了？不过，她在这个时候回来似乎和我没有什么关系。

她是在我和田苏交谈之后的第三天回来的，她在我家的门口堵住了我，她的脸色看上去不太好。她见到我之后，很勉强地对我笑了笑。

"你在这里做什么？"我皱眉问道，"我记得我说过我不喜欢看到你，我认为上次我已经说得很清楚了。"

"你说过不会靠近舒海宁的，你说过你什么都不会做的，你明明这样说过的。"她的声音怯怯的，模样看上去楚楚可怜，如果我是男生，可能会觉得她的样子很让人心疼，可惜我并不是。

"对，我是这么说过，怎么了？"我冷冷地问道，"你在非假期的日子里出现在这里，不会就是专门来问我这种事吧？还有，你和我说谎了吧？你和舒海宁并没有在交往。"

她的脸顿时变得苍白，大概没有想到我会直截了当地问舒海宁他们是不是在交往这件事。不过看她这个反应，我就知道，舒海宁没说谎，花月眠的确不是舒海宁的女朋友。

"你和他并不是那种关系，却擅自跑来这里叫我离他远一点儿。你喜欢舒海宁是你的事情，没有道理要全世界的人为你让步。"我说道，"虽然是这样，我还是和舒海宁保持了距离。不要以为世界上的女生都像你一样，我曾经以为这个世界上的女生都和你一样恶心，直到现在认识了其他女生，我才知道，恶心的并不是所有女生，不过是你一个人而已。"

对于伤害过我的人，对于一直在伤害我的人，我不能再像胆小鬼一样逃走，而是学会真正地面对，让她看到我的强大，让她知道我不是随随便便可以被伤害的人。

当年我还只是个七八岁的孩子，所以不会保护自己，现在我长大了，我知道该如何保护自己不受伤害了。

现在她竟然用说谎的方式来牵制我，这真的不能原谅。

如果我没有问舒海宁，如果我不知道他们并没有交往，或许我就会一辈子都不告诉舒海宁我喜欢他这件事。

但现在不一样，无论她和舒海宁之间有什么样的纠缠，我喜欢他这件事一定会告诉他的。

"随便你怎么说吧！"花月眠忽然抬起头看着我，那瞬间，我看到她眼里闪过一丝憎恨，"但是云雀，海宁是我的，你抢不走。你不可能抢走他的，因为他不可能丢下我不管。"

"无所谓，我不知道在我不在的时间里，你们到底做了些什么，但我一定会弄清楚的。"我冷冷地看着她。

"你想知道我们之间发生了什么吗？"花月眠忽然笑了起来，她的眼神里透着一抹疯狂，不知是不是因为我的话激怒了她，她脸上楚楚可怜的表情不见了，"想知道，我来告诉你好不好？这样你就会死心了。"

"你们发生了什么？"我急不可耐地问道。

花月眠盯着我的眼睛，说道："因为我失去了一只眼睛，因为海宁，我有一只眼睛永远也看不见了。"

"眼睛？"我看着她的眼睛，并没有看出有什么特别的。

她抬起手指着自己的左眼："四年前，舒海宁去了一个施工工地，我好奇地跟了过去，却发现他爬上了一处脚手架。那个脚手架没有绑牢，就在海宁差点儿掉下来的时候，我冲过去抱住了竖着的那根钢管。"

但后来，舒海宁还是从脚手架上掉了下来，但因为最主要的那根钢管没有倒塌，其他的钢管也就没有散架，没有把舒海宁埋在钢管中，所以他只是轻微的擦伤。但是花月眠没有那么幸运，她抱住了那根竖着的钢管，另一根横着的钢管却直接砸了下来。

花月眠当时就被砸晕过去，舒海宁背着花月眠跑去医院，花月眠醒来之后，左眼就看不见了。

花月眠哭了很久，她害怕极了："我看不见了，我再也看不见了。"

"不要哭。"那时候的舒海宁还是个很安静的少年，他虽然因为害怕而微微发抖，但是他安慰了花月眠，"你是为了救我才变成这样的，我会对你负责。你看不见了也没关系，我会一直照顾你，一直照顾到你遇到一个能够把你照顾得更好的人为止。"

"那要是我一直遇不到那个人怎么办？你会照顾我一辈子吗？"花月眠哭着问舒海宁。

舒海宁沉默了很久，说道："你让我回去考虑一夜好吗？"

一夜过后，舒海宁对花月眠说："如果一辈子都无法遇到那个人，那么我就照顾你一辈子。"

从那之后，一直沉默的只对读书感兴趣的舒海宁像是变了一个人一样，他开始做很多以前不会做的事情，他和花月眠成了最特别的关系。

"或许他的确不喜欢我，可是我不在乎，我只要他一辈子都和我在一起。"花月眠冲我笑了，笑容里带着一丝胜利，"你听到了吗？他对我说会一辈子都照顾我，只要他还对我心怀愧疚，他就永远不可能丢下我不管。"

"所以放弃他吧，云雀，从四年前那根钢管砸中我的头开始，海宁就是我的了。"她说完，大笑着走入黑暗之中。

我站在原地，很久都无法动弹，无力地倚在铁艺大门上。我以为无论曾经发生过什么事，都不会让我有丝毫动摇。

我以为是那样的。

可是现在，我还能那么坚决吗？

第八章

活在过去的人是你

YOUTH HAS NO HORIZON ON THE SUNSET SEASIDE

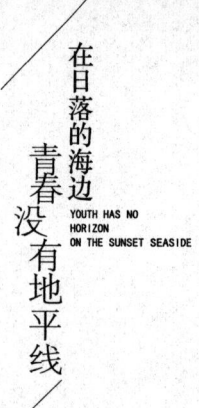

你自十年后朝我走来,带给我十八岁的星光。

胸口微微有些痛,见到你的第一眼,我的世界彻底坠入爱河。

01

我躺在床上仰头看着白色的天花板,想去告白,却又害怕。

在知道这些之前,我从未想过知道这些事情之后我会不会想要退缩。

要放弃吗?

像八岁那年一样,被一个叫花月眠的女生狠狠伤害,然后灰溜溜地逃去了国外。如今过了十年,我仍然要像八岁的时候一样,输给同一个女生吗?

我从床上坐起来,抓起手机就朝外跑,我一边跑一边拨通了舒海宁的电话。

"你在哪里?"电话拨通的那瞬间,我大声问道。

舒海宁似乎有些意外:"云雀?"

"你在哪里？"我又问了一声。

"我在家里，怎么了？这么晚了……"

"你在家门口等着我，我马上就去见你。"我挂断了电话，然后用最快的速度朝他奔去。

舒海宁，我想见你。

我不知道你对花月眠的事到底是怎么想的，或许因为责任心作祟而照顾她一辈子。

但是我喜欢你这件事，唯独这件事，我一定要让你知道！

就让你拒绝我吧！

这样你和我都不用再纠结，其实我明白，你一直都在说谎，虽然只是隐隐约约的，但是我能够觉察得到，在你的心里，我的存在一定是不一样的。

我一口气跑到舒海宁的家门口，舒海宁站在那里，身上穿着一件灰色的风衣。

"海宁！"

我喊了他一声，然后跑过去在他面前停下。

我跑得满头大汗，气喘吁吁，以至于很多话都说不出来。

"发生什么事情了吗？"他的眼神中有一些担忧，"怎么连外套都不穿就跑出来了？跑出一身汗，被风一吹，你会感冒的。"

"没关系。"我一把抓住他的手臂，上气不接下气地说道，"因为我有很重要的话想要马上对你说。"

舒海宁的手机这时候响了起来，他拿出来看了一眼，来电显示是

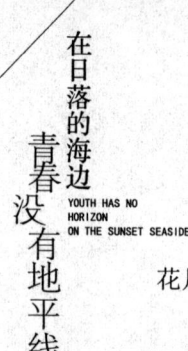

花月眠。

他想要按拒接键,却被我一把抢了过来。

"云雀?"

他不解地看着我。

我没有说话,只是将他的手机调到了静音。

我说:"花月眠来找我了。"

舒海宁怔住了,眼里有一丝我看不懂的神色。

"她告诉了我很多事,包括她已经看不见的左眼,还有你会照顾她一辈子的承诺。"我轻声说道,"在对你说重要的事情之前,我可以问你一个问题吗?"

"什么?"他看着我问道。

"海宁,你对我忽近忽远,果然还是因为花月眠吧?你没有办法放下她不管,是不是这样?"我看着他的脸,此时此刻我想要好好看着他的脸。

他沉默了好一会儿,然后轻轻地点了点头。

心里像是落了一块巨石一样,"轰隆"一声,震得我大脑一片空白,但是我用尽全力阻止自己失控。

不可以哭的,云雀,这是你自己的选择,所以无论如何都不可以哭。

至少不可以在他面前哭。

"好,我知道了。"被我抓在手里的手机还在振动,花月眠还在打舒海宁的电话。

她回来了，她就在海边，我知道。

"海宁，我喜欢你。"我笑着说道，"拒绝我吧，这样我和你都不用再玩朋友游戏了，拒绝我，让我彻底放弃你。"

他静静地看着我，然后也对我笑了："嗯，对不起，我不能接受你的喜欢。"

"好。"我点了点头，"那么，再见了，舒海宁。"

当"对不起"三个字从他嘴里出现的一瞬间，我的心脏猛地一阵绞痛，原来现实永远比预想的要残忍。

我以为我能够从容地放弃，我以为只要他说了拒绝的话，我就可以彻底结束对他的喜欢。

然而现在，我却难过得像是永远也不能再露出笑脸了。

"手机还给你。"

我拉起他的手，将他的手机放在他的手心里，他握住我的手，低着头，细碎的刘海儿挡住了他的眼睛，我看不到他此时眼睛里流露出来的到底是什么样的神情。

"云雀。"他喊了我一声，"我……"

"嗡嗡嗡——"

手机又一次振动起来，我从他的掌心里抽出手，说道："还是接一下电话吧。"

"好，你等我一下，先别走开。"他接起电话，然后我听到他说，"站在那里不要动，我马上就回来！"

我没有再听下去，转过身慢慢地往前走，明明知道他是不会来追我的,可我的脚步还是很慢。

我伸手捂住嘴巴,害怕哽咽声溢出嘴角。

我拼命抑制着肩膀的颤动,不让人看出我在哭。

夜风很冷,吹得我整个心脏都在颤抖。我在那棵大大的油桐树下停下脚步,回头看了一眼,身后空荡荡的,什么都没有。

他一定是跑去花月眠的身边了吧!

我知道,他无法丢下花月眠不管。

我蹲在了地上,双手抱住膝盖,将脸埋进臂弯里。

真的好难过啊!难过到没有办法继续往前走。

海宁,如果没有花月眠的存在,你现在会不会出现在我面前?会不会抓着我的手在我耳边喊我笨蛋?会不会不隔着自己的指尖吻我?会不会哪里都不去,只留在我的身边?

不想就这样啊,舒海宁,我不要这样啊!

我从地上站起来,转身往前跑去。

我想去找他,想告诉他这样不好,然而有一个人从我身后用力地抓住了我的手臂,接着我就落入了一个温暖的怀抱。

我飞快地抬起头来,我多么希望出现在我面前的人是你,然而不是。

此时此刻,出现在我面前将我用力抱进怀里的是唐瑞泽。

"你要去哪里啊,小云雀?"他的嗓音压得很低,"会感冒的,跟我回去。"

"我不要回去!"我趴在唐瑞泽怀里放声大哭。"我哪里都不想去，哥哥，我好难过啊！心里好像有人在用刀搅一样，都是你的错，都是你的错！"

如果你没有让我去告白，如果我没有被他说服，我和舒海宁之间就不会这样结束了。

"嗯，都是我的错。"唐瑞泽用力抱着我，像是在抱着一个摔跤摔疼了的小孩一样，"和他告白了吗？"

"被拒绝了，他去花月眠的身边了。哥哥，我的海宁不要我了。"我喃喃地说道，"我们已经没有办法再玩那种虚假的朋友游戏了。"

"这样不好吗？也许现在你会觉得很痛苦，但是相信我，过一些日子，你就会忘记这种痛苦。放下不可能的人，才有可能去认识其他更好的人，不是吗？"唐瑞泽的声音很温暖，像暖流一样流过心间，"云雀，你是个非常聪明的姑娘。你只是一时间没有想明白，等到你想明白了，就不会再难过了。"

"真的是这样吗？"我抬起头看着唐瑞泽的眼睛，"我不想再感受一次这种心情了。"

"嗯，我们回家。"唐瑞泽将我抱起来，迈着稳健的步子回了家。

02

十二月二十五日，圣诞节，我穿着厚厚的睡衣趴在桌子上，黑眼圈大得和熊猫一样，因为我已经连续两个晚上没有睡觉了。

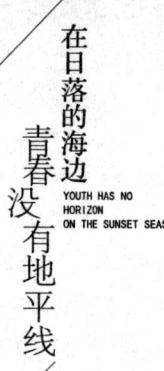

此时此刻,我在国外,妈妈的研究所里。

"好困。"我实在熬不住了,"妈妈,我好困。"

"不许睡!"妈妈拿纸筒敲了一下我的头,"这是对你又一次当缩头乌龟的惩罚。"

"喂,有您这样的妈妈吗?"我忍不住抗议,"您女儿失恋了啊!不安慰我也就算了,还抓我给您当苦力,我要告您剥削劳动人民!"

"去去去,还有力气在这里跟我贫嘴,说明还不是很困。"妈妈睨了我一眼,我顿时就老实了。

"把这些做完就可以了。"妈妈丢给我一沓星象图,"快给我干活。"

我噘着嘴巴,抓起铅笔和尺子,继续做事。

顶着汹涌澎湃的睡意,我又坚持了很久,终于最后一张图也绘制完了,我丢下铅笔趴在桌上,就沉沉地睡了过去。

那天之后,我总是睡不好,害怕去学校,害怕见到舒海宁,害怕会忍不住哭出来。

于是和上小学的时候一样,我不肯再去学校,不去学校不接电话,谁也不见,把自己关在家里好几天,最后被妈妈拽上了飞机,像小时候那样,又一次将我带来了这里。

接着就是不停地让我工作,哪怕疲惫了也不许停下来。

我想我大概不会再回去了吧,因为那里已经没有什么让我在意的事情了。

这一觉不知道睡了多久，醒来的时候身上搭着一条毛毯，妈妈坐在我身边，正用一架望远镜看着天空。

我这才注意到此时是黑夜，我难道睡了一天一夜吗？

"醒了啊！"妈妈回头看了我一眼，说道，"来看看，是木星。"

我凑过去，在漆黑的夜空中，硕大的星星呈现在我的眼前。

"今天是木星的最佳观测时间，赶在这个时候醒来，你还真是很及时。"妈妈笑着调侃我，"怎么样？是不是很壮观？太阳系中最大的行星。"

"嗯，好美。"

从小到大，不知道为什么对于木星总是抱有一种很奇怪的感情。距离它最近的行星是火星，然而它一直在保护的是火星另一边的地球。

外太空那么广袤，多少彗星和飞石落进来，都被木星挡住了。所以地球才能一直那么美丽，地球上的生命才能一直存在。

是因为它总是在守护着地球，所以才最喜欢木星吧。其实头顶上的那片天空，才是最浪漫的存在，不是吗？

星星永远不会说谎，亿万年的守护和陪伴，那才是最长情的告白。

哪像人类啊！

短短的几年时间，就会忘记曾经最在乎的人，多情的人最残忍，因为被伤害到的人永远没有办法去责怪他。

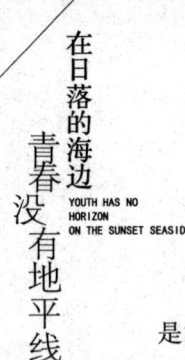

"心情好些了吗?"妈妈替我顺了顺头发,"失恋这种事,别人是没有办法安慰你的。如果你自己放不下,无论是谁,说过什么,都没有任何意义。"

心里忽然变得很温暖,妈妈是在用她的方式安慰我吧,无论是把我从家里拉出来,带到这里来也好,还是让我不停地工作,最后累到能够睡着也好,妈妈还在担心着我。

我抬起头来,伸手抓住妈妈的手,她的手里还抓着我长长的头发。

"陪我剪头发吧,妈妈。"那之后第一次能够微笑,就是在这个时候。

失恋,痛苦,难过,煎熬,这些通通经历过一遍,也是一种成长不是吗?一直以来,我的世界里总是很无聊,唯一感兴趣的是头顶那片星空。

却因为舒海宁的关系,我无法再仰望那片星空,但是现在,我觉得我可以做到了。

当看到木星的那瞬间,我发现我的心中充满了喜悦,那是一种与爱的人重逢的心情。

我果然还是最热爱这片星空吧!

那时候的我,为什么会为了那么无聊的理由而退却?为什么没有更加努力地去跨过那些让我觉得痛苦的事情?

原来从八岁到现在,我根本没有长大吗?

我还是那个被伤害了,感觉难过就把自己装进笼子的小孩,我根本没能迈出去哪怕一小步，因为我还没有好好地面对过八岁时候的我。

那个小小的女孩，被那样伤害，她还躲在黑暗的角落里，如果我不找到她，我就没有办法往前迈出一步。

我也要变得像唐瑞泽那么坚强。

人之所以会受伤，是因为心中仍然对别人抱有期望。有时候相信自己比相信别人来得好，我却从来没能这样做。

我不相信自己，无论是八岁还是十八岁，我不相信自己能做到。

因为不相信，所以才总是对别人抱有期待。

03

在研究所里待了一个星期，我再次回到了青鹿。

我已经不想再当逃兵了，哪怕现在走在这条熟悉的路上，我的胸口仍然会隐隐作痛，哪怕一想到会再见到舒海宁，我就有种落跑的冲动。

但是这一次，我不会再做那种事了。

如果十年前我更坚强一点儿，我就不会一走就是十年。十年前的小云雀，我回来了，我回来接你走出那黑暗的角落。

要等着我。

我推开门走了进去，奶奶坐在外面晒太阳，天气已经有些冷了。虽然这里的冬天并不太冷，但是比起夏天，还是有些冷的。

"奶奶，我回来了。"

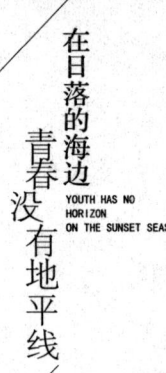

我走过去对奶奶说了一声。

奶奶睁开眼睛看着我,她永远都是用笑容迎接我的:"我们云雀剪头发了啊!"

"嗯。"

那头长长的头发被剪掉了,现在我是齐耳短发,在头发掉下去的一瞬间,我仿佛有了无穷的勇气,也是在那个时候,我放下了对舒海宁的执着。

不是我的,不管我多么努力,都是没有办法抓在手心里的。

推开门走了进去,我趴在床上打算稍微休息一下,只是没想到,这一休息直接休息到晚上了。

我洗了把脸,下了楼,唐瑞泽已经回来了,他见到我,一点儿也不意外,看到我的新发型,只是笑了笑:"很合适呢。"

"是吧。"我得意地笑了笑,"对了,礼物。"

我从沙发上的双肩包里取出一个盒子递给唐瑞泽:"妈妈给的,说是圣诞节的礼物。"

唐瑞泽拆开盒子,里面是一部崭新的手机。这部手机和妈妈给我的笔记本电脑一样,都是研究所批量购入的,妈妈还真是省事。

吃过了晚饭,我照旧是先洗澡,然后去书房看书。

唐瑞泽泡了一杯茶走了进来,他倚着门,似笑非笑地看着我:"明天要去上学吗?"

"当然要去,我都旷课快一个月了。"我顿时有些头疼,"不知道找个什么理由和校方说明。"

"你有一个晚上的时间去考虑这个问题。"唐瑞泽这个家伙一点儿都不同情我,"真的没关系了吗?去学校就意味着你要见到那家伙。"

"我知道。"虽然知道,虽然做好了准备,但心脏还是不可抑制地颤抖了一下,"应该没关系。"

唐瑞泽端着茶杯朝我走近,弯腰看着我:"小云雀,我们要不要交往看看?"

"什么?"我吓得手里的书都掉了,"哥哥,你发烧了吗?你在说什么胡话?"

"真伤心,亏人家还想安慰你。"唐瑞泽哈哈笑了起来,"不过,小云雀,难道你不想知道正常的情侣交往是什么样子吗?当哥哥的可以让你体验一下。"

"我谢谢你全家!"我实在是吓得不轻,这家伙偶尔会说出这种吓死人不偿命的话。

"不过说真的,小云雀,你考虑一下。"唐瑞泽忽然变得非常认真,看着我的眼睛说道,"现在要一个人去面对舒海宁,很辛苦吧?以失恋者的身份出现在他面前,应该会无法面对他。但如果你和我交往的话,一切就会不一样,至少能够面对舒海宁。"

"当然,我说的交往是假装交往。"唐瑞泽在说完一堆惊世骇俗的话之后,终于有一句像样的人话了,"顺便感受一下交往到底是怎么一回事,还能帮你面对舒海宁。"

他这么一说,我忽然觉得他说得很有道理,现在的我对于再次见到舒海宁这件事,还是有些障碍的。但如果有唐瑞泽陪在我身边的话,一切说不定会变得很轻松。

"怎么样?你想好了没有?"唐瑞泽笑着问我,"这年头,像我这么靠谱的男演员可是不多了啊!"

"你想要什么?我才不信你肯费时间陪我玩这种游戏呢。"我问道。

"嗯,我想要的东西暂时保密。"他朝我伸出一只手,"小云雀,虚拟情人的游戏现在开始,明天我会陪你一起去学校,送你去教室,中午接你吃午饭,晚上放学的时候,你得等我一起回家。"

"等等,这些不是和平常没什么两样吗?"说好的带我体验一下正常人交往是什么样的,这完全和平常生活没有什么区别啊,而且还多了一样我要做的——我还要等他回家!

"当然不一样。"他伸出食指在我面前晃了晃,"平常是兄妹一起去学校,明天开始是一对交往中的情侣一起去学校。"

"难道会有什么区别吗?"

我完全不明白。

"当然有区别,不过这么说你也不懂,等到明天你就知道了。"唐瑞泽冲我眨了眨眼睛,然后端着茶杯走开了。

我被他眨眼的动作吓得不轻,好一会儿才回过神来。

不过他既然这么说了,我还是稍微期待一下明天吧。

于是我想着明天有可能发生的事情,爬上床,盖好被子闭上眼睛开始睡觉。

第二天我还是被唐瑞泽喊醒的,只要我上午一、二节课有课,唐瑞泽就会充当我的闹钟。

吃过早餐,我刚想拿书包的时候,唐瑞泽已经帮我拿好了。

"走吧,小云雀。"

他将自己的包和我的包一起挂在肩膀上,空下来的那只手抓住了我的手,虽然这个画面看上去有点儿美,但是……

"就像左手牵右手啊。"

我忍不住唱了出来。

"闭嘴!"唐瑞泽怒道。

到了地铁站的时候,意料之外但也是意料之内的,我们遇到了舒海宁。

舒海宁见到我时很是震惊,估计没有想到我还会回到这里,甚至这么快就出现在他眼前吧。

"早安,舒同学。"

我笑着冲他挥了挥手。

"早。"

他的视线从我的脸上转移到唐瑞泽的脸上。

唐瑞泽伸手搂住我的肩膀,说道:"早啊,舒同学!有个好消息想告诉你,我和小云雀在一起了。知道是什么意思吗?就是我们开始恋爱了。"

04

那瞬间，我看到舒海宁的瞳孔迅速收缩，他回头看了我一眼，我忙将头靠在了唐瑞泽的肩膀上。

"你很幸运，第一个知道。你会祝福我们的吧！虽然我之前对你说喜欢什么的，不过还是忘记吧。"

他想了很久，最后还是什么话都没有说。

我说完那些话，浑身起了一层鸡皮疙瘩。那些话是唐瑞泽教我说的，他说气势一定要从根源上抓起，要一上来就让对方觉得自己被拒绝了也会过得非常好。

上了地铁，唐瑞泽一直牵着我的手，舒海宁站在和我隔了两个人的地方，总感觉他的视线落在我的身上。可是等我回头去看的时候，他又没有在看我。

到了学校之后，唐瑞泽果然如昨晚所说的那样，一路护送我去教室。他还是第一次把我送到教室，往常我都是和舒海宁一起进教室的。

到教室的时候，里面已经坐了很多人，看到我和舒海宁还有唐瑞泽一同出现的时候，四周顿时陷入短暂的安静。

所有人的视线都落在唐瑞泽身上，唐瑞泽在学校的知名度是非常高的，长相好，气质儒雅，笑起来迷死一片小姑娘，关键是他还博学多才。

这么个人物竟然出现在这里，难怪很多人都死死地盯着他。

"好了，小云雀，进教室吧。"他说着，在众人面前揉了揉我的头发，"放学不要走，我来接你。"

"哗——"

教室里顿时沸腾了，我在众人的注视下缓缓走进教室。

因为其他位子都坐满了人，而平常我和舒海宁都是坐在那个固定的靠窗位子，所以除了那个位子之外，我竟然找不到其他地方可以坐。

算了，坐在哪里都无所谓，我已经不会再逃避了。

我在自己的座位上坐下来，舒海宁一言不发地在我身边坐下。

没多久老师就走了进来，今天上课的正好是班主任，他看到我，顿时愣住了。

"报告老师，我来上课了。"我在班主任朝我发问之前开了口，"没有请假就旷课，很抱歉。"

"能告诉我这一个月你去哪里了吗？"班主任朝我走来，站在舒海宁边上的那条走道。

"报告老师，因为我失恋了，所以出去散心了。"我发现我实在不擅长说谎，果然还是实话实说比较好。

教室里顿时一片哗然，我如此直截了当地回答，估计还是第一个用这种理由来解释旷课的学生吧。

"坐下吧。"班主任也没有为难我，"其实你妈妈帮你请假了，说是让你去配合一项重要的科研项目。"

"是的，我散心的方式就是帮忙做科研。"

我立刻改了口。

班主任沉默了一会儿，估计是不知道说什么好。

"好了，我们开始上课。云雀同学落下的课程，就借你同桌的笔记看吧。"

我闻言朝舒海宁看过去，舒海宁此时也恰好转过头来看我，我们的视线在半空中触碰，然后我们同时转过头去，假装刚刚什么也没有发生。

课间休息的时候，岳琳跑过来找我八卦："云雀，唐瑞泽和你是什么关系啊？他为什么会送你来教室？"

"他是我男朋友。"我非常淡定地说道，"怎么样，我男朋友很不错吧？"

"云雀，你可以啊，你不是失恋了吗？失恋了之后竟然和唐学长交往了，你简直是天下第一幸福的姑娘啊。"岳琳说着摸了摸我的头发，"那么长的头发怎么一下子就剪了啊？"

"没办法，失恋嘛，不是都说失恋了要剪一次头发吗？正好想换个发型，所以就直接剪了。"我笑着说道，"一个月不见，岳琳，你怎么样啊？"

"我当然还是老样子啦。"岳琳拉着我，叽叽喳喳地说了很多话。

直到上课铃声响起来，她才恋恋不舍地回到座位上。我喜欢岳琳这样的姑娘，她总让我想到温暖的阳光。

我和岳琳说话的时候，舒海宁一直坐在座位上，哪里也没有去。

我并不避讳被他听到那些话，因为那些都是事实，没有什么好隐藏的。

上午课程结束之后，我坐在教室里等唐瑞泽来找我。

舒海宁不知道为什么也坐在那里没有走开。

我问道："海宁，你怎么不去吃饭？"

"我再坐一会儿。"他轻声说道。

"这样啊，那我走啦。"我已经透过窗户看到唐瑞泽来了。

我直接从窗户跳了出去，回头冲舒海宁挥了挥手，然后跑向了唐瑞泽。

"你在践踏学校草坪。"唐瑞泽睨了我一眼，"这么急着要来见我，你不会是真的爱上我了吧？啧啧。"

"喂！"我忍不住打了他一拳，"你的自我感觉未免太良好了吧，你知不知道现在几点了？我快饿死了！"

"真是不可爱。"唐瑞泽一手圈着我的肩膀，一手把我的短发揉得乱七八糟。

"不要弄乱我的发型。"我怒了。

"你有发型这种东西吗？"唐瑞泽忍着笑说道，"走啦，去吃饭，中午想吃什么啊？哥哥请客。"

"一定吃穷你。"我说道。

"不怕，反正我的就是你的，你的就是我的，等我穷了，就吃你的。"唐瑞泽说道。

一路打打闹闹地到了食堂，我一口气要了好多菜，最后连三分之一都没有吃完。

唐瑞泽捂着胸口,一脸悲痛欲绝的表情:"你这个败家子,要是以后谁娶了你,真的要被你吃穷的。"

"怕被我吃穷的那种人,我才不要嫁。"我白了他一眼,抓起一个鸡腿开始啃。

不得不说唐瑞泽的提议果然是正确的,正是因为现在他在这里,所以我才能这么放肆地笑,放肆地闹,把面对舒海宁时的郁结全部都发泄出来。

"哥哥,怎么办?"我轻声说道,"我简直要爱上你了。"

唐瑞泽吓得脸都白了,我扬了扬嘴角:"骗你的啦,你这家伙,一点儿都不可爱。"

05

下午的一、二节课是体育课,我一向对运动不太擅长,也不太喜欢运动,因为我不喜欢大汗淋漓的感觉。

好在大学的体育课并不会强制参加运动,而是体育委员将体育器材拿来,所有人随便选择项目。于是女孩子大多数在打网球或者羽毛球,男孩子则在打篮球或者踢足球。

我坐在操场边上,视线总是会不经意地扫到那个架子。

开学的时候,舒海宁拉我来这里,也是那时候他隔着手指吻了我,我们的话题第一次出现了花月眠。

真讨厌啊,为什么会想起那时候的事情?我明明已经决定将这一切都放下，然后重新上路的。

我抬起手捂住自己的眼睛，这样就不用总是偷偷朝那边看了。

话说回来，我这种自欺欺人的行为也并不是第一次做吧。

刚刚从国外回来的时候，在那个夕阳如火的黄昏，在办公楼的走廊里一下子将舒海宁认出来之后，其实就没有办法放下那个人不管吧。

所以，其实我是在那一瞬间——在橙色的夕阳将他整个人笼罩在其中，隔着十几米的距离，被我的双眼捕捉到的那瞬间，心的某个地方就被触动了吧。

因为被触动了，所以总是跑去学校见他，因为不想自己主动跑出来，所以总是出现在他身边，想要让他看到我的存在。

我还真是笨蛋啊，从一开始就是个笨蛋。

"身体不舒服吗？"舒海宁的声音传入我的耳中。

我收回捂着眼睛的手，刺目的阳光下，穿着运动服的舒海宁就站在我的面前。

"没有不舒服啊。"我笑着说道，"我没事，你去玩吧。"

他没说话，也没有走开，而是在我的身边坐下来。我试着找一些话来说，可是还没有等我开口，舒海宁先开了口。

"不用勉强自己的。"他说，"云雀，你不用勉强自己，就算什么话也不说也没有关系。"

他看出来了吗？看出我和他说话，是绞尽脑汁才想出来的最不会触及伤口的话吗？

"你真的和那个人交往了吗？"他问了一句。

我抿唇笑着说道："当然啊，交往了哦。"

"云雀喜欢那个人吗？"我以为那样说就好了，却没有想到舒海宁会追问下去。

"嗯，喜欢。"家人之间的喜欢应该也是喜欢的一种吧。

"头发剪短了呢。"他说。

我伸手摸了摸刘海儿，说道："是啊，剪短了，就当是把过去全部剪掉一样，我会朝前看的。海宁，你也要朝前看哦！我和瑞泽会好好的，你和……你和花月眠也要好好的。"

"云雀，你在说谎吗？"他低着头，长长的刘海儿遮住了眼睛，在眼下留下一片阴影，"云雀不喜欢那个人吧？至少没有喜欢到可以交往的程度吧？"

"就算是那样也没关系，你不喜欢花月眠，不是也决定和她在一起了吗？"我露出一个灿烂的笑容，"所以没关系的。海宁，你可以不用想着我的事情，不用觉得抱歉，我并不是因为被你拒绝，自暴自弃和瑞泽在一起的。"

"好了，我走啦，我去找岳琳玩了。"

我不能再待在这里了，因为继续下去，又会转到让人讨厌的话题吧。

我不想要那样，我好不容易让自己勇敢地面对，不会再因为海宁的事把自己弄得一塌糊涂。

那时候的我根本不像我啊！

"别走。"他抓住我的手。

"放手。"我低声说道。

我不敢回头，不想要看他现在的表情。

不要再让我动摇了，不要再让我好不容易才往前走出一小步，又再次倒退一步。

"不放。"他的手稍稍用了些力，抓得我手腕有些疼。

"放手！"我终于忍不住转过身，用力拍掉他的手，"你知不知道你在做什么啊？我可是被你拒绝的人，不要这样犹犹豫豫，每次我决定走开，你就抓住我不放，可是等我稍微靠近你，你又马上从我面前逃开。拒绝我的人明明是你，你知道我有多努力，才能再次露出笑容吗？你只是不愿意原本喜欢你的人离你越来越远，和别人开始交往吧？你明明不喜欢我，你明明已经做出了选择，但还是希望我继续喜欢你，你是这个意思吧？"

我很生气，我知道很多人都在看着我，但是我已经不在乎了，反正从小到大，别人是怎样看我的，我从来都没有在意过。

"你到底要捉弄我到什么地步啊？你以为我不会受伤吗？你以为我就不会难过吗？你以为是我的话，就算受伤了也没有关系吗？别开玩笑了啊！"我往后退了一步，"我已经不是八岁的小女孩了，现在的我已经不会再逃避了，我会好好地朝前看，不会再迷惘了。如果你以为我还是小时候那个只能和你待在一起的笨蛋，那么你就大错特错了！我已经不需要你了，就是这样！"

我说完，转过身大步走开了。

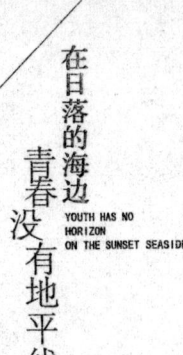

在日落的海边
青春没有地平线
YOUTH HAS NO HORIZON ON THE SUNSET SEASIDE

明明都已经结束了，为什么还不肯放手？已经选择了不是吗？

我是没有被选择的那一个啊！

如果我仍然会被他抓住手腕，我就没有办法前进啊！

第九章 最漫长的告白书

YOUTH HAS NO HORIZON ON THE SUNSET SEASIDE

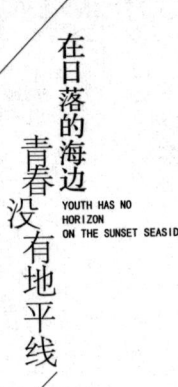

过去，现在，未来。

我最喜欢你。

即使像个傻瓜，我还是想陪在你身边。

01

我"啪"的一声推开教室的门，所有人的视线都落在了我的脸上。我径直走进教室，然后一把拉起明显有些不知道状况的唐瑞泽。

"抱歉，我有事找唐同学！"我留下这句话，就拽着唐瑞泽的校服领带，把他拖出了教室。

身后传来叽叽喳喳的议论声，我"啪"的一声又将教室的门合上。

我把唐瑞泽一路拽出了教学楼，唐瑞泽一直没有说话，也没有反抗我。

我一直走到浑身无力才松开手，唐瑞泽静静地看着我说："不知道云雀同学找唐同学有什么事情？"

"约会！陪我约会！"我大声说道。

唐瑞泽伸出手来，要碰到我的头时，却用力弹了一下我的额头。

"小孩子约什么会？"

"那你让我开心起来！"我蹲在地上，下巴搁在膝盖上，"让我笑啊！"

"真是……"

唐瑞泽在我面前蹲下，他看着我的脸，我知道我现在的表情一定很悲伤。

我根本没有办法忘记，也没有办法往前走，我的双足仍然深陷于泥潭之中。

"那家伙……"唐瑞泽的语气忽然变得很冷，他一把将我从地上拽了起来，一路拽着我往前走，"你们是上体育课吧。"

"是啊，怎么了？"我一时间不明白唐瑞泽要做什么。

"闭嘴！"他像是非常生气，抓着我的手臂，一路将我带回了操场上。

体育课还没有结束，班上的同学都还在操场上，见唐瑞泽和我一起回来，所有人都向我投来意味不明的目光。

唐瑞泽在人群中看了一眼，却没有看到舒海宁的身影。

"同学，知道舒海宁去哪里了吗？"唐瑞泽面带微笑地问一个女生。

那个女生顿时脸红心跳起来："好，好像是去医务室了。"

"谢谢。"唐瑞泽非常有礼貌地道了谢，然后转过身，又挂上阴雨密布的表情，继续拖着我朝医务室走去。

医务室离操场并不远，唐瑞泽"哐当"一声踢开医务室的门。校医吓了一跳，正想说什么，就看到唐瑞泽来者不善的表情。

"校医，一会儿不管里面传来什么动静，都请你不要管。"唐瑞泽说着，拉着我进了休息室，一把将门关上，顺便还反锁了。

在靠窗的床位上躺着一个人，是舒海宁。

我的心里涌上一丝不太好的预感，唐瑞泽怒气冲冲地跑来，应该不是找舒海宁过家家的，他来做什么？

我的疑问并没有持续太久，因为下一秒，唐瑞泽已经冲到舒海宁面前。他一把揪住舒海宁的衣领，结结实实地给舒海宁的肚子来了一拳。

"你这个浑蛋！"唐瑞泽低喝道，"你到底要让那家伙为你伤心到什么地步啊？"

"呃？"我大脑一片空白，在我的印象中，一直很斯文内敛的唐瑞泽也会和人动手吗？

不对，现在应该不是关注这种事情的时候吧！

"你给我看着她啊！好好看看她啊！"唐瑞泽揪着舒海宁的衣领，强迫他看着我的脸，"小云雀从小到大是个很少哭的女生，但是你让她哭了多少次，你知道吗？哦，你不知道，你怎么会知道？因为你只把你可怜的怜悯心给那种让人倒胃口的女生。"

"要那么做的话，就不要朝三暮四！因为你，她还活在十年前，你看不到吗？她一直都还是十年前那个喜欢天文学的小女孩。她那么喜欢天空,可是因为你,选了这种可笑的金融学。如果你要放手,就请不要招惹她;如果你放不下她,就请和那个花月眠说清楚!

"小云雀不是任由你肆意伤害的女生,她是我最宝贝的妹妹啊!你知不知道,你每次让她伤心,我要花多少时间让她再次微笑?为什么你能够一直做这种事?你到底要让她怎么做?"唐瑞泽用力将舒海宁摔了出去。

"哐当"一声,舒海宁摔在了我的脚边,我下意识地往后退了一步。

"因为没有办法啊。"舒海宁的声音低低的,若不是医务室里很安静,或许听不到他说了什么,"我忘不掉,我没办法抹去云雀在我心里留下的感情。我试过,我很努力地试过一次又一次,可是当她要离我而去,我的努力就全部白费了。

"我不要和她成为擦肩而过也不会说话的陌生人,可是我不知道该怎么办才好。我知道自己很差劲,总是惹哭她,总是在弄哭她之后还要转身离开。"

"你喜欢她吧?"唐瑞泽淡淡地问道。

"嗯,喜欢,一直都喜欢。"舒海宁抬起头来看着我,碧蓝色的眼眸仿佛天空一样深远,"怎么会有人不喜欢云雀呢?"

"你就不喜欢啊!"我近乎是脱口而出,"开什么玩笑啊!如果你喜欢我,却因为所谓的自责而总是推开我,这种喜欢我宁愿不要!"我说完,转身就走,"舒海宁,你对花月眠负责就好,不要再来招惹我了,下次我会自己揍你的!"

我打开门,头也不回地走掉了。

我走了之后,休息室里,舒海宁缓缓地坐在了地上。

"你打算怎么办?"唐瑞泽冷冷地问道,"小云雀都那样说了,放弃吧,舒海宁,你的喜欢也不过如此。我警告你,如果你再敢惹哭她,我一定不会再手下留情。你再敢让她露出那种表情,我会让你死得很难看。"

"我不会再让她哭的。"舒海宁轻声说道,"我曾经做好了永远都不见云雀的心理准备,因为我知道,只要我看她一眼,我一定会喜欢上她的。到那时候,我就没有办法兑现我对花月眠的承诺,可是没有意义,就算我做好了那种准备,还是无法阻止我在一瞬间就看到她。那天我看到了,你和云雀在教学楼的走廊里,觉察到她朝我看过来,我故意偏过了头。后来放学的时候,在人来人往的校园主干道上,我那么近地看到了她,看到了她身边的你,我真的很在意你是她的谁。那个时候我知道,我所做的一切都是徒劳。我想要见她,哪怕明知道我无法和她在一起,我也仍然想要见她。

"图书馆那次,她离我不过五十厘米,她不知道我当时想要抽出一本书与她相见,可是花月眠来了。我的责任感不允许我那么做,于是哪怕只剩下五十厘米的距离,我仍然没有与她见面,想着如果下次能与她对视就好了。那之后第二天,她就在我隔壁教室,下课的时候,班上的人都在谈论转校生的事,我明明不用去洗手间的,却还是走出了教室,从她的窗户边上走过。我的确与她的目光相遇了,可是我仍然没有勇气与她相见。

"高考结束的那天，我一直在人群中寻找她的身影，我看到她去了我的教室，我想要和她说说话，于是我跟着去了。那天我没有忍住，终于和她相见了。就像傻瓜一样，我们玩着这种自欺欺人的捉迷藏游戏。"

"真是败给你了。"唐瑞泽叹了一口气，"既然是这样，为什么还要迷惘？就算花月眠会受伤，那也不是你的错，你打算为了这种事情，让云雀就这么飞走吗？如果你不要她，我是不会和你客气的。"

"花月眠……那天云雀从我面前走掉之后，我根本没有办法去想花月眠的事情，总觉得无所谓了。因为霸占着我整颗心的是云雀，一直都只是云雀，根本没有多余的空隙去容纳其他人啊。但是这一点，我直到现在才明白。"

"你真的喜欢那家伙吗？"唐瑞泽问道。

"小时候，云雀总是喜欢和我说很多我听不懂的话，那时候我心里其实很着急，我想要回应她的话题，可是我根本做不到，我唯一能做的只是静静地听她说。"舒海宁轻轻笑了一下，"其实我原本不擅长学习，可是为了能够跟上她的脚步，我成了年级第一名。云雀离开的时候，我真的很自责，我想是不是因为我不够好，所以云雀才会想要其他朋友，是不是因为我总是没有办法跟上她的脚步，所以她才会觉得孤单。

"后来我看了很多书，想着哪一天她回来了，和我说起天上的星星时，我能够回应她，而不是仅仅听她说。"舒海宁说道，"我不知

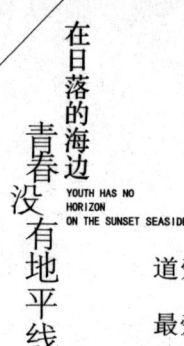

道爱一个人是什么样的感觉，但那时候我觉得这个世界上，我一定是最爱云雀的。"

02

坐在教室里，四面八方都是窥探的眼神，我撑着下巴看着窗户外面，白云蓝天，多么美丽的世界。

舒海宁没有回来上课，也不知道去了哪里。

是被唐瑞泽揍得不能来上课了吗？

不过他不在我身边，我稍微觉得轻松了一些。

不知道为什么，我的脑海里不断浮现出一些往事。

甚至包括十年前，被我狠狠压进回忆底层，决定这辈子都不要再想起来的那件事。

"海宁，你知道暗物质吗？据说宇宙有百分之九十五都是暗物质哦。"六岁的我，抱着一本书缠着舒海宁说话。

可是舒海宁从来都没有回应过我，但是没有关系，反正只要有人肯听我说，我就觉得说出来的那些话不是没有意义的。

"海宁，天上每一颗星星其实都比太阳还要大，而且我们看到的星星是亿万年前的星光，可能那些星星都已经不存在了。星光其实是星星的尸体哦。"

"海宁，童话书上的东西都是骗人的，白雪公主那么白，一定是得了一种叫白化病的病，还有丑小鸭，那是基因突变。"

想起来的尽是这种事情，都是我在说，他在听。

然而是什么时候，这样的记忆被另一些东西掩埋？

"海宁，为什么大家都害怕我呢？"

那是开始上小学一年级的事情，因为没有好好上过一天课，却能够每一门功课都考满分，不知道是谁说我是个奇怪的人，于是所有人都很怕我，都不愿意和我说话，甚至不敢和我对视。

"海宁，大家都讨厌我……"我是那么沮丧，我蹲在和我一样大的舒海宁面前，想哭，却怎么也哭不出来。

虽然大家讨厌我，但这仅仅是让我觉得沮丧的一件事。

"海宁，为什么你总是什么话也不说呢？"七岁的我一脸忧悒地看着舒海宁，其实那个时候的我一定是感觉到寂寞了吧。

高处总是不胜寒，只有我在的那个地方，没有人能够走进来，只有我自己，那是一种无论如何都无法温暖的空白。

"我决定了，我要和大家成为朋友！"于是在某一天，七岁的我对舒海宁这么说。

也是这时候，花月眠正式成为这场回忆的女主角。

在学校的时候，所有人都欺负我，他们丢掉我的书、我的书包，甚至是故意在我身上洒水。我不明白为什么会被人这样对待，因为我明明没有伤害过谁。

后来我翻《世说新语》，里面有这么一句话："我不杀伯人，伯仁却因我而死。"

有时候光芒太闪耀，就算什么也不做，也足够让很多孩子讨厌。

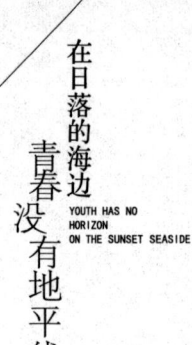

明明我总是在玩,却总是比努力学习的花月眠考得好。

我还记得,那是个风和日丽的晴天,我的书包再次被人拿起丢掉了。我想去捡回书包,这时候花月眠抱着我的书包走到我身边。

七岁的花月眠漂亮、乖巧,穿着一身白色的娃娃裙,看上去仿佛天使降临人间。

事实上,她把我的书包给我的瞬间,我就把她当成天使了。

"喂,你们也太过分了!"花月眠愤怒地喊了一声,顿时班里所有人的视线都落在了她的身上。

"没关系。"我高兴极了,这么多天来,第一次有女生站出来替我说话。

如果时间就停留在那瞬间该多好,也就不会变成后来那种样子了。

花月眠很快和我成为了朋友,每次我被人欺负之后,她都会来安慰我,她说:"没关系,云雀,我们是好朋友,但是我不能帮你,那样的话,我也会被欺负的。云雀一定可以理解我的吧?"

"嗯。"我笑得很开心,那时候我真的很渴望有朋友,哪怕花月眠说了那种话,我仍然将她当成了好朋友。

因为有好朋友,所以每天无论被怎样欺负,第二天我还是会去学校。

这样持续了一年,在我八岁生日那一天,我跑去邀请花月眠一起吃蛋糕。

可是那天,在厕所的隔间里,我听到了花月眠和其他人的对话。

"月眠，你还要和她装多久的好朋友啊？"

"就是，那家伙要是没有存在就好了，害得我每次都被家人骂，总说'看你们班上的云雀'。"

"我也是，每次考试她都考满分，她肯定知道试题吧。"

"是啊，说不定是作弊！"

"那下次抓住她作弊不就好了吗？这样老师和爸爸妈妈都知道，云雀不是自己考的满分。"

我躲在里面，浑身发冷，我想那一定不是真的，这些长得很可爱的小姑娘怎么可能会有这种阴暗的想法？

在那之前，我都没有觉察到那时她们在欺负我，我以为大家都喜欢和我玩，因为除了舒海宁之外，我从来没有朋友，所以我以为朋友之间也会有那样的恶作剧，只不过我的朋友们有点儿夸张和过分而已。

但是听到了那样的对话，我才知道，所谓的朋友根本是假的。

很多时候我都在想，如果那时候我转身走开，没有去邀请花月眠一起吃生日蛋糕就好了。

可是那时候的我对花月眠仍然抱有期待，我仍然觉得她是我的好朋友，因为她帮我捡回了书包啊！

那天我邀请了花月眠一起吃蛋糕，可是花月眠让我把蛋糕带出去给大家一起吃。那时候我觉得，人多一些的话，一定更加开心，所以晚上的时候，我抱着蛋糕去了和花月眠约好的地方。

在那里等着的是十几个孩子，我以为这么多人和我一起过生日，是那么高兴,然而我还是太天真了,天真得有些可笑。

那天我被几个孩子用蛋糕打,不只是蛋糕,还有地上捡的碎石子和树枝,我站在中间,无论跑向哪个方向,都有人拦住我。

"月眠,月眠,我想回家了。"我朝站在那边看着我的花月眠求救,"月眠?"

她没有理我,月光下,她的面目是那样可怕,不过是八岁的小女孩而已,却已经会用那种冷冰冰的目光看着我。

"那你就回去吧!"花月眠说道,"最好是回到我们看不见的地方!没有你存在,所有人都会活得很快乐。"

她抓起最大的一块蛋糕扔在我的脸上,我用舌头舔了一口,很甜。

"我才不想和你成为朋友,我告诉你吧,让大家欺负你的人是我。"她说这句话的时候,脸上无论多么微小的表情,我都看到了。

原来根本没有什么朋友,我认为的朋友是伤害我的罪魁祸首。

朋友是什么啊?

伙伴是什么啊?

我在那个瞬间,对这些曾经渴望的东西失去了兴趣。

仿佛世界一下子陷入了黑暗之中,我一个人坐在荆棘丛间,谁都没有留在我身边。

那就是真正的孤单吧,一无所有的黑暗世界里,只有我一个人存在着。这个世界上,有没有与我相同的人存在呢?

如果有,为什么不来找我呢?

那是八岁生日那天浮上我心头的最后一丝念想。

03

"云雀，回家了。"不知道什么时候，有人在我耳边喊了我一声。

我迷迷糊糊地睁开眼睛，这才发现教室里已经静悄悄的了。我抬起头来看了一眼，是唐瑞泽近在咫尺的脸。

他的表情是那样温和，眼神就像是三月的暖阳一样。

"已经下课了啊！"教室里的同学都已经不在了，只有我一个人趴在这里睡觉，因为没有人叫醒我，所以一直睡到了现在。

"嗯，走吧，回家吧。"唐瑞泽温柔地对我说，"做噩梦了吗？"

"嗯，做了一场八岁那年的噩梦。"是回忆到什么地方开始睡着的，我已经完全糊涂了。

分不清真实还是梦境，八岁那年被最相信的人背叛，那种孤独感浮上了我的心头。

跟着唐瑞泽走出了教室，外面已经晚霞满天，校园里的行人都少了很多，整个校园看上去呈现一种冷色调与暖色调之间的暧昧感觉。

回到家之后，妈妈打了电话给我，说："云雀，这边有一所大学的天文系邀请你来念书，你怎么说？"

"好啊。"我对着电话那头的妈妈说，"反正不管怎么样，我还是喜欢天空。星星啊，星辰啊，甚至是星星与星星之间的尘埃啊，都是那么有趣，不是吗？"

"嗯，那么我会帮你回复校方的。"妈妈说完就挂了电话。

我已经能够再次面对头顶这片星空了，不再轻易相信别人，而是相信我自己。因为内心开始变得坚强，所以能够看清楚眼前的路，也有了想要去的未来。

接下来的几天，我一个人坐地铁去上课，因为唐瑞泽早上都是四节课，而我早上只有三、四节课有课。

坐地铁的时候，我总是下意识地看着身边的空位，那个人应该不会再和我坐同一班地铁了吧。

舒海宁也不知道去了哪里，他已经连续缺了好几天课，我也没有去打听他的消息。

到了学校，在那个靠窗的位子坐下，岳琳走到我身边，她在我身边的空位坐下，我冲她笑了笑。

"虽然我也像其他人一样，觉得云雀和我们完全不一样，不过我觉得云雀就是云雀，云雀是个很温柔的女孩子。"岳琳趴在桌子上看着我的眼睛说道。

"谢谢，我也很喜欢你。"可能再过些日子，我就会离开S大也说不定，我想要为自己的未来稍微努力一下，因为有了想要去的地方，所以人的内心才会变得坚强。

"云雀，和唐学长交往真的好吗？"岳琳有些担忧地问道，"我并不是说唐学长不好，但是总觉得，你到舒海宁身边去比较好。"

"为什么？"在别人的眼里，我应该待在舒海宁的身边吗？

"因为你喜欢舒海宁吧。"岳琳伸手碰了碰我的短发,"每次你看着舒海宁,那种眼神就是喜欢吧？"

"可是我已经被他拒绝了啊。"我有些遗憾地说道,"虽然我也觉得我应该和舒海宁待在一起,但他已经做出了选择,而我也已经有了想要去的地方。"

"这样啊。"岳琳轻轻地点点头,"虽然我不知道你要去的地方在哪里,不过如果是真心想要去的地方,那么一定要去。就像是如果是真心喜欢的人,那么不到最后都不要轻易放弃。"

"云雀,从心里把那个很重要的人抹去,是件非常痛苦的事情。"岳琳说道,"而遇到那个让你想要去他身边的人,其实很难的,这个世界上有那么多人,每天都要和许多人擦肩而过,如果不回头,可能擦肩的瞬间,就是后会无期。你想要和舒海宁擦肩而过吗？"

"那不是我能够决定的事啊。"我微笑地看着她,"因为做出选择的人是舒海宁。我们之间隔了一段怎么样也无法抹去的时间,在那段时间里,他有了无论如何也不可以放下不管的人。所以我和舒海宁之间会变成什么样,我希望将这一切都交给时间。"

"如果我和他之间只是这种程度,那么就不会再一次相遇。如果我和舒海宁还有想要去对方身边的想法,那么就算是天南海北,也能够再次相遇。"我说,"岳琳,我可能要离开这所学校了。"

"啊？"岳琳愣住了,她瞪大眼睛看着我,"你要去哪里啊？"

"去地球的另一端。"我说。

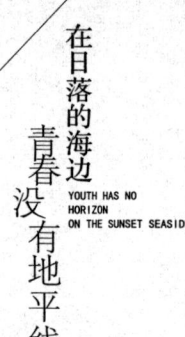

"那你什么时候回来?"她问。

我摇了摇头:"不知道,或许不会再回来,或许很快就见面。"

岳琳的眼圈有些红,她抱了我一下:"要开心啊,云雀,我喜欢那个住在寝室里每天和我聊得很开心的云雀。"

"嗯。"我用力地点了下头,"谢谢你,岳琳,你是我的朋友。"

"当然啊,我们是朋友。"她笑着说道。

在和岳琳说要离开的第二天,我就收到了那边学校寄来的入学通知。

对于喜欢天文学的人来说,那所学校是最好的去处。

"已经决定要去了啊?"唐瑞泽倚在门边看着我,"需要我陪你去吗?"

"不用了,我可以一个人去学校了。"我笑着对唐瑞泽说,"倒是你,要不要回原来的大学去啊?金融专业,还是你原来的学校比较好吧。"

"这里的也不错啊!"唐瑞泽说道,"我就留在这里,在你不能回来的日子陪着奶奶。所以安心去吧,这里有我。"

唐瑞泽是因为我的缘故才来这里的。

高三那年,不知道怎的,我忽然就想回青鹿看一看,可是因为胆怯,我一个人做不到这种事,于是唐瑞泽决定交换到S大,他陪着我回到了青鹿。

每次都是唐瑞泽,难过的时候,他总能在人群里找到我,然后给我一个温暖的怀抱。

家人存在的意义就是给予温暖，而朋友，是快乐。

奶奶对我说的话，仿佛还回响在耳边，那时候的我横冲直撞，有什么就说什么。其实有时候直率并非坚强，不过是一种没有真正长大的表现吧。

经历过迷惘、痛苦、快乐和悲伤，人真的会慢慢地变得成熟，总有一天会完全褪去少年的外壳，成为一个真正的大人。

我不知道我距离真正的大人还有多少路要走，也许就在明天醒来的时候，也许还要花上好几年的时间。

但不管是哪一种，我都不会再迷惘了。

"你不想知道舒海宁的事情吗？"唐瑞泽问我。

我微笑着摇了摇头："不想知道。"

我其实是知道的，比如说舒海宁也喜欢我这件事，我觉察得到，而这就已经足够了。

"我们曾经近到距离彼此只有一毫米，但最后没能在一起，或许我和他之间注定只能走到这个地步。"我说。

04

在飞往另一所大学的前夕，有一个人打电话找到了我。

是花月眠，我不知道她为什么又要来找我，不过她约我在海边的咖啡店见面，我还是去了。

我到的时候，她正坐在那里喝咖啡。

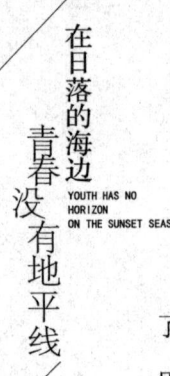

"你应该庆幸是今天找我,如果是明天或者后天,我就不会来了。"曾经我以为我永远都不会和这个人心平气和地说话,可是在经历了这些事情之后,我发现对于花月眠这个人,我已经不再耿耿于怀了。

这个世界上的人有六十多亿,每个人都是不一样的个体,性格千奇百怪,像花月眠这种性格的,当然也不过是其中的一种而已。

我可以不喜欢,可以无视,但不可以对她的生存方式指手画脚。

"海宁找过我。"她小声说道,"他说没有办法再继续曾经的承诺了,当连承诺都无法绑住他时,我不知道还有什么方法可以留住他。"

我愣了一下,舒海宁这些天没有来学校,原来是去找花月眠了吗?

"我明明不想结束的。"花月眠说道,"云雀,我做错了吗?我不过是想留住自己喜欢的人,你能明白吧?"

"哈哈。"我忍不住笑了出来,"我之前说你虚伪得让我觉得恶心,虽然我仍然不喜欢你,但是我不会再否定你的做法。没有人规定喜欢一个人应该怎么做,你的做法无可厚非,唯独一点我不能原谅,或许永远都不会原谅你。"

"不要再做那种给人希望又亲手毁了那个人期待的事情了。"我叹了一口气,说道,"那样会彻底摧毁一个人,或许你只是觉得不开心,只是漫不经心的一个举动,却会杀死一个人的心。"

"小时候的事,我真的想要和你说对不起。"她低着头搅拌着杯子里的咖啡，"我知道，现在说什么都像是在找借口，那个时候，我其实是嫉妒你，嫉妒到想要欺负你，嫉妒到想要摧毁你。"

"总是考满分，总是游刃有余，你根本不知道你的存在对于我们这样即使努力也做不到的人来说很刺眼。"她说道，"无论是过去还是现在。"

"就像我努力想要留住舒海宁，就算是这样，我还是留不住他。我做不到的事情，你简简单单地就做到了。所以直到现在，我也仍然嫉妒着你。"

"嗯，你可以继续嫉妒我。"我说，"如果这样可以让你心理平衡一点儿，我不介意你嫉妒我一辈子。而且我不会就此停步，我会继续往前走，因为总被你们这样嫉妒着，我偶尔也会想要看看，如果我像你们一样认真，我能够走到多远的地方。"

"你要去哪里？"花月眠终于注意到了这个问题。

"去那里。"我抬起手指了指头顶。

"那么舒海宁呢？"她问道，"你没有打算和舒海宁在一起吗？"

"不知道。"我说道，"对于舒海宁的事情，我不知道怎么回答你。花月眠，对你来说最重要的事情是什么？"

"是舒海宁。"她毫不犹豫地回答我。

我轻轻地摇了摇头："并不是那样的，人生的意义不只是爱情，总有一些无论如何也想要做到的事情。看样子我又走在你的前面了，不过如果你认为是舒海宁也没有关系，因为那是你自己的事情。对我来说，舒海宁并不是唯一，无论如何也想要抵达的未来，我已经找到了。"

我喝掉了杯中的咖啡，站了起来："你也要快点儿找到。"

我走出咖啡厅，傍晚的风吹在脸上，有种超级惬意的感觉。

"云雀！"花月眠追出来，站在离我十多米开外的地方喊住了我，"我说谎了！"

我转过身看着她，她缓缓地走到我面前，最后在离我还有三米远的地方停了下来。

她伸手捂住自己的右眼，她说："我的左眼其实可以看到。"

"什么？"我愣住了，"不是说看不见了吗？"

"那是骗你的。"花月眠深吸一口气，"云雀，你还真是让人讨厌，不管是小时候还是现在，让人讨厌，又让人羡慕。擅自对我说出那种话，擅自对我露出那种表情，真坏啊，那样岂不是只剩下我还在原地踏步吗？"

"一开始的时候，我一直在憧憬着，因为无论怎么努力也变不成你那样，所以才会那么嫉妒。"花月眠低下头，伸手抓住了自己的刘海儿，"总是直爽得让人无所适从，到最后还要说这些让人觉得很了不起的话。"

"果然存在的吧，这个世界上一定存在某件事，只有你能够做到。"她抬起头，对我笑了，"当然，我还是会一直讨厌你，不过我不会再做那种事了。如果你有机会见到舒海宁，告诉他我的左眼早就恢复视力了，只是因为不想失去他才什么也没有说。"

"为什么不亲口告诉他？"我并不喜欢当传话筒，尤其是给花月眠当传话筒。

"因为这是惩罚，说了要一辈子照顾我，最后还是挣扎着要去你的身边。你看，这个世界上存在只有你能做到的事情，舒海宁就是其中之一。"她说，"你明明走了十年，他却从未忘记过你。我知道，他学习那么认真，只是因为不想让你再孤孤单单一个人，想去高处陪你。"

"那天他去那个施工的工地，是为了看一看你眼里的星空。你明明不在这里，却还是让他记挂着，我明明就在他面前，他却从不肯好好地看我一眼。"花月眠笑得有些无奈，"我曾经以为我终于从你手里抢走了他，但那只是因为你没有出现，你出现了，他还是回到你的身边了。"

"你为什么要对我说这些？"她像是要弥补什么一样，将这些事情告诉我，"其实你可以不用告诉我这些的，我也不需要知道。"

"云雀。"她忽然朝我走近一步，双手捧住我的脸，她的脸近在咫尺，这样近的距离，近到我可以看到她的眼睛里映着的我。

她的拇指落在我的唇上，然后凑近我，吻了吻自己的手指。

"我那天是这么吻他的。"她的眼睛里流淌着的是温暖的笑意。

原来那个讨人厌的花月眠也能露出这样的表情吗？

"所以，你和舒海宁之间从一开始就没有我的存在。"她松开手往后退了一步，"八岁那年的道歉，不知道你喜不喜欢，也不管你需不需要，我只是单方面地想要传达给你。"

"哈哈。"我忍不住笑出声来。

"你笑什么？"花月眠有些郁闷地看着我。

"总觉得……"

总觉得——

"花月眠，你这样的家伙其实也不赖。如果你可以像刚才那么坦率，一定会有更好的男生在不远处等着你的。道歉我收下了，还有再见了，或许我还是一辈子都不会原谅你，但那并不是什么重要的事。"

05

明明没有互相原谅，也没有争吵，只是将彼此心里所想的传达给了对方，竟然让人如此欢喜。

八岁那年的云雀已经没事了，不用再待在黑暗中了，因为十八岁的云雀把八岁的云雀拉出来了。

我将最后一件衣服塞进行李箱中，其实并没有多少东西，但零零碎碎地收拾了好长时间。

在这里生活过，所以会留下痕迹，就像是有人在心里住过，就算后来搬走了，也会在心里留下一点儿什么。

合上箱子，我坐在房间的地板上休息，手机就放在手边，我有些犹豫，要不要和舒海宁告别呢？

不得不说花月眠的那些话还是对我产生了某些影响，至少如果她没告诉我那些事，我大概根本不会想和舒海宁道别。

而现在，和他道别成了选项之一。

正在我犹豫不决的时候，手机收到了一条短信，点开看了一眼，只有六个字：

"我在你家门外。"

明明没有署名，号码也没有显示名字，但是我一瞬间就知道是谁发来的消息。

我找了一件大衣披在身上，穿着拖鞋下了楼。

推开铁艺大门，是舒海宁熟悉的身影。

"云雀。"他喊着我的名字朝我走来，"听岳琳说，你要离开S大了。"

"是啊，我刚刚正在犹豫，要不要和你道别。"我说。

舒海宁说："陪我走走吧。"

"好。"我没有拒绝他的提议，反正今天也会是最后一个夜晚了，等到明天的这个时候，我已经在地球的另一端，与他黑夜不见白天。

并肩走在沙滩上，心口仍然有些痛，大概这就是喜欢一个人的感觉吧。我还喜欢他，我清晰地感觉得到。

我的手捏紧又松开，想要去牵他的手，却又忐忑地不知道要怎么做才好。我偷偷抬头看了他一眼，只能看到他的侧脸，在星光下，朦朦胧胧，但他似乎现在也很紧张。

他现在在想什么呢？

他的手不知是不是无意间触碰到了我的手，我触电般地想要挪开手，却被他牢牢地抓住了。他的掌心有些潮湿，难道他刚刚想着的是与我同样的事情吗？

"我找过花月眠了。"他开了口，声音有些低沉。

"我知道。"我点了点头，"她来找过我，然后告诉了我很多事。"

"对不起，因为我的犹豫不决，总是让你伤心，这个世界上我最不想伤害的人就是你。"他慢慢地停下脚步，"我曾经想过一个问题，为什么我会被海浪卷到这里来，我不知道我生活在这里的意义。"

"但现在我明白了，我一定是为了与你相遇，所以会到这里来的。"他低声说道，"这一定是我存在于此的意义。"

"可是我不会留在你身边。"我微微笑了笑，"明天我就要走了，今天可能是我留在这里的最后一晚。"

"我知道。"他说，"但还是想把我的心情传达给你。云雀，你说，我们之间离最近的时候不过只有一毫米的距离，那么这最后的一毫米由我迈出去吧。"

"反正我已经习惯在这里等你回来，等了你十年，再等几年也不算什么。"他缓缓地说道，"不过我并不想只是等待，无论多久，我会努力跑去你身边。"

"虽然你对我说的话，我还是不能回应你，但我每天都努力一点儿，总有一天我也能和你聊着同样的话题。"

"虽然我们之间可能会隔着半个地球的距离，但我们连十年那么长的距离都走过来了，不是吗？"

"云雀，我喜欢你。"他看着我的眼睛，轻声对我说。

"嗯，我知道。"

知道你喜欢我，所以才会对你抱有期待，知道你喜欢我，所以无法将你从我的心里抹去。

"花月眠的左眼没事了。"虽然很不想当花月眠的传话筒，但我还是想将这件事说给他听，"只是因为不想你离开，她才没有告诉你。"

"怎么样都无所谓。"舒海宁说道，"我不会再迷惘，也不会再动摇。云雀，可能现在的我还有些懦弱，但是我一定会努力成为一个可靠的大人。"

我一把揪住他的衣领把他往下拉，然后踮起脚尖吻了他一下。

他反手抱住了我，在我的唇要离开时，再次吻了我一下："云雀，你……"

"我喜欢你。"我将告白的话再次说给他听，"就算和你在一起的时候会有点儿难过，有时候心口还会隐隐作痛，但我仍然喜欢着你。"

喜欢着你，因为喜欢着你，所以才有力气去面对过去、今天、明天。

"明天我可能不会去送你。"他说，"因为一整天都有课。云雀，你在努力，我也要很努力才行。"

"嗯，没关系。"我笑着说道，"我也不喜欢那种场合。话说回来，喜欢我这样的家伙真的好吗？你是什么时候喜欢我的啊？"

"只要想到喜欢的人是你，就会微笑。"他笑了起来，那是我从未见过的笑容，坦率的，阳光的，带着一丝傻气，"至于什么时候喜欢你，大概是从教室的窗户看到你的瞬间，其实我一直知道一件事，那就是和你再次重逢时，只需要看你一眼，我一定会喜欢上你的。"

"像个傻瓜一样呢，海宁。"我笑着说道。

他将我的手握着，揣进了大衣的口袋里。

"就算像傻瓜一样，我还是想守护在你的身边。"

"海宁。"

"嗯？"

"总觉得你是木星，我是地球。"

"那是什么？"

"是你和我！"

2014年

3月18日   雨，微风，有点冷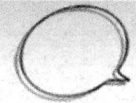

课间休息的时候，女生们讨论着转校生。虽然在我看来，这并不是什么了不起的事情，估计那些女生漫画看多了，觉得转校生一定会与自己发生一些浪漫的事。

尽管我非常不想知道，但因为那些女生一整天都在讨论那个转校生，我还是被迫记住了他的名字——夏树。

3月29日   晴，微风，暖暖的很舒服

教室前面那棵好大好老的樱花树开花了，阳光懒洋洋地从窗户照进来，晒在脸上很舒服。

下午第二节课是政治课，我最头疼的科目。

我用书撑着桌面，看着窗外的樱花，发现在花间粗粗的树干上，竟然有个人坐靠在上面。

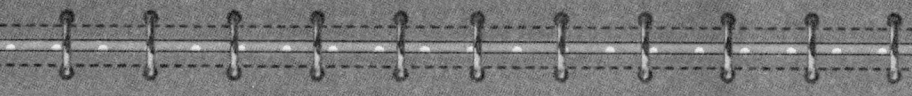

那是个穿着白色校服衬衫的少年，修长的双腿，一条支在树干上，一条随意地垂着，樱花花瓣落了一片在他脸上。

啊，那是夏树同学，我知道他，那个引起全校女生关注的转校生。

上课时间爬到树上睡觉，夏树同学还真是奇怪。

4月6日　　雨，大风，很潮湿

上地理课的时候，隔壁班教室传来一阵喧哗声。

是那个奇怪的转校生夏树又做了什么奇怪的事吧？

下课的时候，听班上女生说，那家伙竟然把流浪猫塞进衣服里，带到学校来上课，被老师发现了，就带着流浪猫跑掉了。

真是个奇怪的家伙，他不知道学校禁止带宠物来上课吗？

说起来，那家伙好像根本不害怕老师……。

9月1日　　多云，微风，很热

新学期开学了，今天的夏树同学也在任性地活着呢。

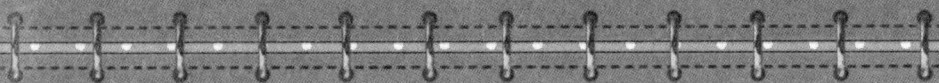

说起来，一个暑假没见到那家伙，他似乎长高了一点。

开学第一天，他竟然带了一盆仙人掌来上课。

为什么是仙人掌，仙人掌有什么特别的意义吗？搞不懂。

12月28日　　阴，微风，很冷

今天的夏树同学也精神抖擞地发着疯……

2015年

9月1日　　晴，大风，很热

升上高中啦，夏树同学竟然和我上了同一所高中，并且还在我隔壁班级。

邻班的夏树同学，会不会比初中时稍微收敛一点他奇怪的举动呢？毕竟是高中生了……咦，我为什么要关心这种问题？因为在学校里太过无聊，观察夏树同学的奇怪举动，已经成为我的日常生活了吗？呃，要是他变得正常了，我应该会有点小小的失落吧，毕竟那是唯一的乐趣了。

不过好在，今天的夏树同学，奇怪的举动还在继续。

《遇见你的小小幸运》希雅 著

那些不经意的遇见，从来不是什么偶然，他不过是恰好在那里看着我，而我恰好抬起头看到了他。
在那些目光交错的时光里，我在人群里寻觅着他，他同样在寻觅着我。
却因为年少脆弱的心脏，不敢向喜欢的人说一声"喜欢"。

HEART,
心若向阳不惧悲伤
"微语星芒"系列专访

年底聚餐，难得一见的作者们齐齐现身。
哇，这可是难得的八卦机会啊！编辑我迫不及待地凑到作者们那一桌，挖掘第一手的创作资料！
这不挖不知道，一挖还真挖到宝呢！

有幸被编辑逮到的是我们的**悲情小天后奈奈**和**暖萌小公主希雅**！
2015年，奈奈可勤奋了，一口气上市了《你的微笑，我的心药》、《致最美的盛夏》、《晴空2》等好几本故事精彩、装帧精美、叫好又叫座的畅销书。那么，在2016年，她又会有什么样的写作计划呢？

■奈奈： 关于写作计划嘛，前阵子一时架不住奈米们的热情，在微博答应了会写《晴空3》，虽然故事还没开始构思，但是既然答应了，我是会做到的啦！在这之前，大家可以先看《晴空2.5》，呃，不，《晴空·穹顶之上》……哈哈哈，写《晴空2》的时候，我就特别喜欢里面的大少爷徐珏，当时就想把他拿出来狠狠虐一把，果然，这个愿望终究被我自己实现了！此处是不是应有掌声？（编辑尴尬地拍了两下手：老大，求你了，虐得我们心肝脾肺肾都痛了，你还这么开心？）当然，2016年也不会全部都写悲情文啦，前阵子无意中看了一部讲精神科医生的韩剧，又推荐给了希雅看。我们俩讨论剧情的时候，我突然爆发出一个灵感，那就是要不要来写个关于心理学的"烧脑"文？

希雅： 就是说啊，为什么不呢？奈奈一直在走悲情系，而我一直走暖萌系，这种"烧脑"系还都没尝试过呢！我们俩火花一碰撞，这前所未有的"烧脑"姐妹文——"微语星芒"系列就诞生啦！奈奈的叫《心若为城·寒星》。心若坚守的城，也为你割地称臣，是不是一听还是有点悲情风格呢？放心吧，这本绝对不是以悲情为主，而是以"烧脑"为主哦！我的则叫《心若向阳·微芒》。心若向阳，不惧悲伤，还是很温暖的书名吧？大家要不要期待一下，暖心的清新故事如何"烧脑"？哈哈哈，保证你们看完之后IQ提高50分！

（编辑欢呼：真的吗？那我一定要看！好期待，好期待！）

希雅 XIYA ZHU

《记忆中的暖夏》　《在日落的海边青春没有地平线》　《紫阳花开少年时》

"微语星芒"系列
《心若为城·寒星》  奈奈著 NANA ZHU

精彩简介：

十八岁的宋筱唯在毕业旅行时遭遇事故，醒来时，庆幸地发现，自己默然喜欢着的季长宁安然无恙。九月，他们一起坐火车去远方，开始新鲜又刺激的大学生活。

筱唯以为那个充满无限可能的城市将是她和长宁爱情萌芽的地方，但她在那里遇见了冷静如隼的路知秋，所有的一切都开始朝着不可预知的方向发展。

每个人的心上都有一座城，在葬送一切的时间里，城门可能只为一个人打开。可是，那就像阳光不曾照过的地方，有一条寒夜的星河，在那条河里，流淌的是无力、苍白、颓败和绝望……

"微语星芒"系列
《心若向阳·微芒》  希雅著 XIYA ZHU

精彩简介：

我们画地为牢，只敢活在自己的小世界里。

多想抬起头时，窗外还是蝉鸣唧唧，春花还在盛放，白云悠闲慵懒，我是十七岁的沉默少女，而我的白衬衣少年，他就在身旁。

这一场献给青春的祭礼，化解了所有胆怯、懦弱、悲伤。

这一段重拾懵懂的时光，让我们所有的不堪一击无处遁形。

但是没关系，只要你牵着我的手，黑夜里就会有星光，像太阳一样，释放灼眼的微芒。

又名：如何从一个拖稿严重的二货手中拿到"人间愿望司"系列全稿！

月黑风高的夜晚，小编我拉好窗帘藏在办公室的角落里，默默翻着自己的百宝柜。

小皮鞭？
不好，《上古萌神在我家》的时候已经用过了。

舒芙蕾？
好像《蜜炼甜心抱抱熊》的时候已经投喂过了。

抹茶慕斯？
白痴吱好像最近挺喜欢吃抹茶味的，如果拿出小编心爱的抹茶慕斯，这货能给我"人间愿望司"系列的稿子吧？

小编小心地拿出一点点，还没捂热乎呢，一个黑影就闻着味道过来了，说话间已经窜到了小编身边："抹茶，抹茶~噢呜~抹茶慕斯的味道！"
……
要不要鼻子这么灵？白痴吱你其实是属小狗的吧？
小编仗着身高优势一只手高高举起抹茶慕斯，一只手朝着面前就要流口水的人摊开：
"说好的'人间愿望司'呢？要知道，我可是在你爱的那家蛋糕店专门做的……"
"有有有，某吱已经写完大纲啦，第一部《彩虹里的夏洛特》都已经完稿啦！"

真的吗？不会又是这个白痴骗人的吧？

小编狐疑地拿过白痴吱递过来的笔记本，却发现笔记本上一片空白！愤怒地抬头，随手放在一边的抹茶慕斯已经被人吃进了嘴巴里，吃完还大手一挥，跑掉了！
"哈哈哈，谢谢招待。某吱早就发到编编邮箱啦，只是你太笨了啦！某吱下次要吃抹茶曲奇！"
……
巧乐吱小编，卒。

在小编的疑似脑溢血中,巧乐吱的"人间愿望司"系列终于出现!
《彩虹里的夏洛特》&《暖阳里的拉斐尔》

"人间愿望司"系列第一部《彩虹里的夏洛特》

内容简介:

彩虹学院的校花是姐姐甄美好,彩虹学院的笑话是妹妹甄美丽。一切只因为,甄美丽是个不讨喜的大胖子!怎么办?丑小鸭也要逆袭!而且老天还免费送来了个"神队友",自称发明家的夜流川!所以,体重问题?没问题,有吸脂肪的夏洛特。学习问题?没问题,有能报答案的答案机,至于心理问题……还有夜流川亲自上阵来搞定!

可是,等一下!为什么连喜欢的学长也中招了,连温柔的面具都给扒下来啦!更崩溃的是,居然还牵扯出了他跟姐姐的一系列纠葛,学长光辉的形象都轰塌了!

不是我甄美丽的逆袭史吗?怎么变成"拆台史"啦?剧本是不是拿错了啊!

编编os: 除了完美姐姐甄美好,拒不承认我可能是其他人。

白痴吱: 哦,你美你说了算。

《暖阳里的拉斐尔》 "人间愿望司"系列第二部

内容简介:

打着"寻找恩人"主意的元气少女苏若暖,从踏进彩虹学院的那一秒就变成了麻烦吸引器!更倒霉的是她随手打了的一次差评竟招惹了超可怕的"黑脸魔王"柏圣琦!

长得好看了不起啊,会切换"人生模式"了不起啊,怎么还能把她变成专属试验品,每天都强行让她接受各种"意外惊喜"呢?

走开啦大魔王!不放弃的苏若暖一边跟柏圣琦斗智斗勇,一边继续她的寻人计划!但那个挽救她家庭幸福的恩人究竟是谁呢?是身为财阀继承人的病娇美少年林晨?还是傻白甜王子夜流川?总不至于会是身边这个死死黏着她的柏圣琦吧?

救命啊!我苏若暖只是随手打了一次差评,怎么以后的人生都要跟这个冰山大魔王绑在一起啦!

编编os: 打差评怎么会有这么大的连锁反应?

白痴吱: 怪我咯?

旋风挑战赛之千面月神来踢馆

当当当当~

来自非凡华丽家族的"千面月神"白小梦听说在遥远的爱丽丝学院有一个叫做桔梗公寓的地方,那里面住着四位可以和茉莉学院传说中的三怪相媲美的人,而有一位名叫狄米拉的功夫少女,竟然搞定了那四个人当众最难搞定的处女座,被称为"旋风管家"。

"我白小梦第一个不服!"

于是白小梦大驾桔梗公寓,向旋风少女管家狄米拉发起挑战。

旋风挑战赛,现在开始!

主持人:先介绍两位选手。

白小梦

代表作：《非凡华丽家族之千面月神》
亲友团：白小梦领导的华丽家族和茉莉三怪。

狄米拉

代表作："星座公寓"系列《旋风白羊座管家》
亲友团：柏原熙领导的爱丽丝学院占星社和桔梗公寓四大美男。

主持人：旋风挑战第一项，请两位说出自己曾经攻克的最大难关。

白小梦：对于千面魔女来说，世界上根本没有难关，我可以解决我遇到的每一个问题。（主持人：汗）

狄米拉：世界上如果有比搞定一个处女座更大的难关，那一定是，和一个处女座住在一起。（主持人：你的痛，我懂！）

主持人：两位的回答大家都听清楚了。下面第二项，互相列举出一个自己有但是对方没有的技能。

狄米拉：当然是功夫啦！（说完现场用腿连劈了三块木板，腿风差点扫平了主持人的空气刘海。）

白小梦：哼！这有什么，我华丽家族各个都身负绝技，下面我为大家带来无道具表演变脸。（主持人：喂110吗，这里有人会特异功能诶！）

主持人：咦，现场为什么有一股臭豆腐的味道？

（华丽家族亲友团白小萌：糟糕，小梦让我变出花香的，我变错了！）

主持人：好吧，前两项大家都不相上下，最后一项挑战，我把手中的飞盘扔上天空，谁能够凭自己的本事抢到，谁就是今天的旋风女神。
（"咻"飞盘脱手。）

主持人：哇哇哇！现在战况激烈，我们看到，飞盘以一个十分刁钻的角度飞到了十米高的空中，在它的下方，小梦和米拉的战斗已经进入了白热化阶段，而亲友团中的比拼也是热闹非凡，小梦的忠实拥护者风间澈已经展开了十米长的加油横幅，而我们这边柏原熙也是不甘示弱，给对方拉拉队翻出了难度100分的世纪白眼，九米，八米，六米……飞盘离地面越来越近，现在一道白光出现了！哇！我们今天的旋风女神就是……

白小梦：什么鬼，太丢人了，我要回家。

狄米拉：这难道不是一个严肃的挑战节目吗？结果为什么会是这样？我也要回家！

主持人：那个……这个……好吧……结果，已经出来，让我们恭喜……飞盘最后的获得者……也就是今天的旋风女神……

史上第一萌犬——
阿白白……

怪我咯，接飞盘不是狗狗的本能吗？

主持人：喂喂喂！大家都别走啊！广告还没打呢！
《非凡华丽家族之千面月神》和"星座公寓"之**《旋风白羊座管家》**是可乐近期的新书哦！大家走过路过不要错过！更多惊喜在书中等着你们！最后祝可乐新书大卖！

传说，有一个十分神秘的特工组织X，集结了世界上最强的精英特工，他们总能完成最不可能、最不可思议的任务。

现在，X特工组织又有了新任务——寻找失踪少女薇薇亚。首先，就是去薇薇亚失踪前原本要参加的城堡派对，寻找少女失踪的线索。那么现在，我们的特工华丽大冒险开始啦！

心理测试：什么样的男生是你命中注定的搭档？

① 身为特工，乔装打扮是基本技能。现在需要进入一个城堡，在正在举行变装派对的现场寻找线索，你会打扮成什么人物？
A. 可爱兔女郎
B. 街头不良少女
C. "黑长直"发型的中国娃娃
D. 疯癫精神病人

② 优美的音乐响起，众人走向舞池，如果有人邀请你跳舞，你会接受谁的邀请？
A. 个性张扬的艺术少年
B. 穿黑色燕尾服的绅士
C. 打扮成泰迪的温暖男生
D. 俊美神秘的吸血鬼

③ 一曲终了，舞伴在离去前将一个字条塞进你的手心，你觉得上面写着什么？
A. 我知道你的身份，请赶紧离开
B. 我对你一见钟情。派对后，请到花园等我
C. 食物有毒，你要小心
D. 走廊最里面的房间有你要的线索

④ 服务生端来的酒水，你觉得什么最可能有毒？
A. 白开水
B. 红酒
C. 鸡尾酒
D. 果汁

⑤ 走廊尽头的房间，是一位少女的闺房。门没有锁，你溜了进去。你觉得什么东西会有少女失踪的线索？
A. 自画像
B. 日记本
C. 信件
D. 书

⑥ 派对现场突然漆黑一片，你觉得是发生了什么事？
A. 停电
B. 有人故意制造混乱
C. 派对主人的惊喜
D. 神秘搭档帮助我逃走

⑦ 派对现场恢复了供电，城堡主人拿着一封信走上舞台。这是一位俊美的少年，他说要宣布重要的事情，你觉得是什么？
A. 与心爱的人订婚
B. 薇薇亚失踪的真相
C. 派对致辞
D. 要将城堡卖掉

⑧ 失踪的薇薇亚终于现身，你觉得她会是谁？
A. 一直躲在角落的蒙面少女
B. 伪装成"黑执事"的少女
C. 被装在巨大的礼物盒里的少女
D. 失忆的我

计分方法：A记1分，B记2分，C记3分，D记4分。测试完，请统计分数。

测试结果：

一、（8-13分）"肉爪控"美少年——特洛伊

你是一个内心坚强，但是外表柔弱易"推倒"的萝莉型美女，搭配喜爱一切可爱毛绒物体、号称宇宙无敌"肉爪控"的特洛伊，简直是天生一对哦！（莎乐美《圣夜蔷薇纸偶》）

二、（14-19分）可温柔可霸道双面人格——伊恩

这是一个绅士般的美少年，认为世间万物都有灵性，所以他不杀生，也不允许身边的人杀生。不过，每到月圆之夜，他又会换成另外一个霸道人格。对于生性喜欢挑战的你来说，成功驾驭这样的高难度美男，是不是很有成就感呢？（莎乐美《圣夜蔷薇纸偶》）

三、（20-25分）神秘的病弱美少年——约书亚

他有一双闪烁着柔软光芒的湛蓝色眼眸，像是森林里的小鹿，带着几分好奇，又带着几分渴望……他如同遗落人间的天使，只不过，时时刻刻都觉得自己会死掉、还能听见石头对话的属性也真是少见。想要收服这样的美少年，就是需要像你一样，有圣母玛利亚拯救世间苍生的伟大胸襟啊！

四、（26-32分）神级大脑和顶级美貌的结合体——颜圣夜

一举手一投足都足以引起一场花痴风暴的颜圣夜可是X特工组织的顶级特工，不过，他的懒惰属性可不是一般人能接受的哦！连喝口水都觉得累的"懒癌"晚期患者，只有你这种坚强的、拥有钢铁之心的"御姐"才能够驾驭了！

平凡小女生沈蓝宝,在一次意外中,骤然告别人世。
一曲诡秘华丽的丧者之歌,悄然奏响……

传言中的冥界守门人,生与死的执行审判官——阿努比斯,来到身旁。

神秘莫测的异国少年,用称量心脏与羽毛的重量,来判定人能不能前往天国……

与死神赛跑的49天!
惊险刺激的连环事件,失落人间的三件圣物!

魔幻少女喵哆哆,梦想魔幻大作!

《萌神公寓》,等着你成为下一位租客!

至于选拔赛的内容是什么？嘻嘻，当然是填写关于穿越的各种紧急知识啦！

1. 向什么许愿，才能达成穿越的愿望呢？
A. 阿拉丁神灯　B. 时光机　C. 莫名出现的电脑病毒

2. 穿越后睁开眼，第一眼看到的会是什么呢？
A. 来自未来世界的机器猫　B. 25世纪新型机器鼠　C. 被电磁波打晕的恐龙

3. 遭遇坏人围攻，千钧一发时，希望谁来拯救自己呢？
A. 蜘蛛侠　B. 未来时空警察　C. 齐天大圣

4. 交到的第一个好朋友长得像谁？
A. 玉子　B. 蜡笔小新　C. 奇犽

5. 传说中的天才少年博士的名字是？
A. 成意智　B. 成意龙　C. 成意功

6. 探险冒险第一关的开启地点是？
A. 音乐室　B. 档案室　C. 美术室

7. 号称是万能型，然而除了装可爱什么都不会做的无能机器人的名字是？
A. 擎天柱　B. 错误代码123　C. 布里茨

8. 时空警察将会以什么样的方式出现？
A. 从石头里炸出来　B. 从闪电里出现　C. 从抽屉里跳出来

9. 如果被时空杀手抓住了，该怎么办？
A. 立刻倒地装死　B. 假装投降　C. 不顾一切逃跑

10. 穿越结束后必做的第一件事是什么？
A. 大吃大喝　B. 买新衣服　C. 回答电脑病毒的新问题

就快购买草莓多即将上市的新书『蔷薇护卫队』系列之《星光小淑女》吧！

☆ 假如觉得题目很难，想知道正确答案是什么的话，

《初夏星逆之歌》漫画版

大喇叭：
亲爱的大家，寒流来了，呵气成霜，大家要注意做好保暖工作哦！不过此时此刻，喇叭的心却是暖暖的，整个人充满了爱的力量！这都要怪蜜桃殿下的新书太好看啦！

编辑：
有些人又在卖弄了，有话直接点说嘛！不过编辑也要大大夸赞一番，桃子殿下这次的故事真的特别暖心特别有爱！嘿嘿，废话不多说了，这回让我来给大家直接抖猛料吧！

这是个由一枚充满魔法力量的戒指引发的甜蜜爱情故事——

女主蓝天雪无意中捡到了一枚戒指，从而吸引了一大批美男出现。首先是在演唱会上结识了当红偶像明星雾曜，接着和帅气冷漠的转学生云淼成为了同桌，又认识了畅销作家金发美男子岚诺，还有游戏软件开发者雷叶，以及雨音、晴硕……

在相处中，她发现了他们身上的一个大秘密——在特定时刻会变身，比如情绪变化较大，或者心动的时候。（此处请自行想象一下那些画面，一个帅气的美少年在你面前突然变成了金色狐狸或者红顶鹤等各种神兽，简直超级可爱啊！）

可是蓝天雪也在无意中得知，他们接近自己，原来是有目的的……
知道一切真相后的她，是否能够放下心结，帮助他们解开诅咒呢？

大喇叭：
话说，这次的书名也很独特、很迷人啊！《魔戒奇缘，华丽驯兽师》非常的"高大上"对不对？想当初，喇叭我可是曾狂热地追过"魔戒"三部曲呢！

编辑：
是啊，这个我表示赞同，"魔戒"的魅力确实不可小觑啊！而且驯兽师也是一个很吸引人的职业呢。平时编辑只接触过动物园里训练海豚、狮子等动物的训练员，而蓝天雪居然能和六大神兽近距离接触，和他们成为朋友甚至恋人，实在太令人嫉妒和神往啦……

凉桃：
你们又背着我在讨论我的新书吗？怎么样怎么样？喜不喜欢？这个故事可耗费了我不少心血呢！

大喇叭（谄媚地迎上前，搬椅子端茶水）：
绝对的好！只要殿下一出手，每次都能给我们无限惊喜啊！

编辑：
小小地担忧一下——这次的书名会不会又有变动呢？上次"雪国妖精"那个故事，因为桃子殿下据理力争，最后还是按照您的旨意换回了原来的书名《最奇缘，密钥恋歌》，喜欢这本书的蜜桃们可别错过了哦！

凉桃（变高傲状）：
谁要改我的书名，我就和他杠上了！

大喇叭：
殿下英明！我们绝对是站在殿下这边的，会一如既往地支持殿下！关于书名这个事，到时候再见招拆招吧！

编辑：
回归正题，话说驯兽师这个故事让我不禁想起了读书时看过的一部动漫，女主角的妈妈也是个驯兽师来着，但是结局很不幸，那部动漫好像叫《兽的演奏者》？

凉桃：
这个动漫我倒是没看过。比我这个故事还好看吗？

凉桃：
算你机智……既然这样，我就先给你看看新鲜出炉的封面图过过瘾吧！

编辑：
嘿嘿，当然是桃殿下您的书更好看啊！

大喇叭：
桃殿下威武！为什么总结发言这么重大的任务每次都落到我头上呢？这说明我还是人气很高的吧？嘿嘿！

七枚指环，六位犯错的兽神，远古的诅咒，残存的记忆……五百年陨落一次的天空指环终于现世，开启了命运的相逢！

无论是沮丧、心动还是难过的时候，只要情绪出现强烈的波动，这些美貌少年就会华丽变身为蛇、狐狸、老虎、仙鹤、乌龟……

身为一个普通女孩，和这样一群兽神朝夕相处，同住一个屋檐下，小心脏必须足够强大，魅力必须超强，才能——驯服他们哦！

如果你对这个故事充满期待，请记得一定要关注凉桃殿下的新书**《魔戒奇缘，华丽驯兽师》**哦！